U0926225

你要活成一束光

李月亮&北辰 著

青岛出版社
QINGDAO PUBLISHING HOUSE

图书在版编目（CIP）数据

你要活成一束光 / 李月亮，北辰著. -- 青岛 : 青岛出版社，2019.7

ISBN 978-7-5552-8276-1

Ⅰ. ①你… Ⅱ. ①李… ②北… Ⅲ. ①散文集－中国－当代 Ⅳ. ①I267

中国版本图书馆CIP数据核字(2019)第085355号

书　　名　你要活成一束光
著　　者　李月亮　北　辰
出版发行　青岛出版社
社　　址　青岛市海尔路182号（266061）
本社网址　http://www.qdpub.com
邮购电话　010-85787680-8015　13335059110
　　　　　0532-85814750（传真）　0532-68068026
责任编辑　郭东明
责任校对　胡　方
特约编辑　郭红霞
排版设计　李红艳
印　　刷　三河市鹏远艺兴印务有限公司
出版日期　2020年4月第2版　2022年7月第7次印刷
开　　本　32开（880mm×1230mm）
印　　张　10
字　　数　100千
书　　号　ISBN 978-7-5552-8276-1
定　　价　39.80元

编校印装质量、盗版监督服务电话　4006532017　0532-68068638
建议陈列类别：畅销·励志

CONTENTS

目 录

没有一个冬天不可逾越 001

没有一个春天不会到来 008

你要活成一束光 017

失败的人生，都是从这六句话开始的 026

愿你此生，最美好的东西都遇见 036

生活再刁钻，也不要被打倒 041

有人给你的爱，世间无人能及 045

我知道你来过，却不知道你在哪里 051

婚姻中，男人最需要具备的品格是什么 054

婚姻中，女人最需要具备的品格是什么 065

这世界美好，也残酷 072

你醒在何时，世界就从何时亮起 081

CONTENTS

目　录

读书，是通往世间美好的门票 087

即使我们再普通，也要努力活成一束光 096

回家过年，成了爸妈见你的唯一理由 103

过年，我想家但不想回家 110

我更希望你幸福，而不只是给公司卖命 118

比老公不爱你更可怕的是，这个人不喜欢你 124

很高兴，和你夫妻一场 131

老婆，谢谢你爱我 139

越来越老，但也会越来越好 146

你可以偷偷给自己点个赞 152

CONTENTS

目 录

你心里有没有委屈过，妈妈 157
希望你边走边唱，活得悠然自得 163
一个人没什么不好，但两个人会更好 170
我的姑娘，你在哪儿 175
坏婚姻，往往是这样形成的 181
不要最终输了人品和格局 188
有一种关系，不是母女，也不是天敌 195
你娶的人，是我的命 202
和我不可能有未来的你 210
她爱你，你爱她，她却爱着他 217

CONTENTS

目 录

你不是给单位加班，而是给人生加油 224

过节不回家？是为了让他们过得更好 230

爸，你就安心做个孩子吧 237

妈，你要是还在，该多好…… 246

未来，我不曾畏惧 253

这么多年，庆幸我还是你的 265

你来以后，我再也没有孤独过 274

请继续招惹我吧 283

三十岁女人的标配是什么 293

就算生得暗淡，也要活得光彩 299

愿你用力爱过，也用力生活着。
艰苦卓绝能度过，风花雪月不错过。

愿你行走于世，运气一直都可以。
迷茫时能看到微光，艰难时有人出手相帮。

愿你此生，最大的愿望都实现，最美好的东西都遇见。

愿你在暮年回首来路时，对自己坦然微笑：
嗨，你一路荆棘、坎坷丛生，但是见到了很多不一样的风景，
也见证了自己所有的潜力和可能。

愿你这一生，想做的都做了，做了的也都尽力了，
没有牵挂，了无遗憾。

这世界，有时特别好，有时特别糟。
如果你总看到满地垃圾，看到那些扔垃圾的丑人，你的心就会很灰暗。
倒不如多抬头看看开花的洋槐，想想亲人温暖的关怀。

真正幸福的人，一定都懂得用欣赏的目光看世界。
你看到什么，心里就会有什么，而心里有什么，就又会看到什么。

起点越低，向上延展的空间就越大，可选择的自由就越多，得到的欣喜和惊奇也越多。

当然，起点越低，你也必须越努力，否则，这些美好都与你无缘。

Be a beam of light

如果身边刚好有人给你照亮，请你感恩，并赶紧走几步，因为别人不会一直给你开着灯。

如果没有，你就要自己顽强地活成一束光，以智慧、以勇气、以实力，让老天不得不眷顾你。

你是一轮月，就内心清朗。

你是一束光，就前路坦荡。

人这辈子，谁都不能选择自己的起点。

有人觉得这是悲剧，有人觉得这是乐趣——

起点低的人，等于命运给你设置了困难模式，这意味着你要历经艰辛，

同样，也意味着你会在通关后喜悦感翻倍。

所以，与其哀叹自己一手烂牌，不如想想如何把它打好。

绝大部分时候，人和人之间，也遵循能量守恒定律。
热情换热情，冷漠换冷漠。
你给别人温暖，通常都会得到同样的回赠。

所以，希望你能对这世界心怀善意，力所能及地去爱、去温暖、去照亮。
这样你也会收到很多温暖和光亮。

没有一个冬天不可逾越

文 / 李月亮

最亲爱的读者：

我写了很多年文章，收到过很多读者的来信，他们经常向我抱怨世界残酷、人心冷漠、人间不值得。我想，你大概偶尔也会有同感。

那这人间，到底是善的还是恶的？冷的还是暖的？

我之前也有些疑惑。还好，在 2020 年的冬天，我有了答案。

这个冬天，我们猝不及防地遭遇了病毒偷袭，一切都乱了。但混乱中，我们也看到了很多人间真相。

在至暗冬夜，我们身边的无数普通人，发出了微小的光。接着，微光点亮微光，希望迎接希望，一切就好起来了。

我想讲几个疫情期间发生的故事，都是很不起眼的小事，但它们会让你看到人的光芒和人世的希望。

一家医院里。

特殊时期，保洁员都不敢来上班了。可是清洁工作必须做。怎么办?

院长的儿子顶了上来。本来还在美国读书的孩子，兢兢业业地做了两个星期保洁员。拖地、消毒、擦椅子……勤勤恳恳，啥活都干。

少年强则国强。每次看到这样的孩子，我都觉得明天充满希望。孩子和院长都特别赞。

真正好的教育，就是要让孩子享得起福，也吃得了苦，昂得起头，也俯得下身。

人的可塑性很强的。一个读书的孩子，都能在艰难时刻弯下腰，说“大不了我来干保洁”。

我们成年人，当然更可以。而当我们学会俯下身，直面人生辛苦，一点一点去啃面前的硬骨头，生活就一定会好起来。

疫情严重，有个小伙子过年没能回家。

邻居是一位上海大妈，看他好几天没出门，怕他“弹尽粮绝”，特地把家里的菜都搬出来，放到了楼道里，让他随便拿。

人们都说远亲不如近邻，这句话真没错。一个善良友好的邻居有时候真能帮上大忙。

这件事很小，但这份善良很珍贵。

其实，我们身边的很多人都深怀着这份“为他人着想的善良”。所以如果你留心，会发现这艰难的世间，其实有很多温柔。

武汉。

一位父亲去给在一线工作的儿子送物资。

儿子看见父亲，本能地向后退，隔着很远说“不要靠近我”，“放下东西，快点走”。

父亲远远地把东西放在树下，转身离开。儿子把头转向一边，哭了。车里的妈妈朝他挥手：“一定保重啊，儿子！”

妈妈说，看到儿子向后退的那一刻，她心都碎了。自己捧在手里20 年的孩子，怎么忽然就不能靠近了。

这突如其来的悲伤，让很多人一下子长大了。

其实我们的孩子也一样，他们长大了，就要去战斗了。因为他不只是你的好儿子，更是国家的好战士，正是这一个个慢慢强大的孩子，慢慢地开始保护我们，替我们负重前行。

老战士英雄迟暮，新战士提刀上阵，这就是人间运行的规则，是我们不害怕的理由。

有个小伙子叫魏佳，21 岁，是抗疫一线的辅警。由于任务艰巨，过年他没能回家。

这天中午，他给妈妈打了个电话，说：“你们放心，我好着呢。”但挂了电话后，他偷偷哭了。他一边哭，一边苦哈哈地坐在地上吃着盒饭。

塞了几口饭，抹了几把眼泪，他又赶紧拿着小本子去工作了……

21 岁的魏佳还是个大孩子，可他小小的、单薄的肩膀已经扛起了家国重任。

我们之前总担心年轻一代太娇气、太脆弱。但是你看，当他们发出光来，是多么温暖有力。

那个做盒饭生意的成都老板娘这段时间在网络上爆红。

疫情来后，她从成都奔到武汉，几乎两天没睡，消毒，检查，开火，免费给医护人员做盒饭。

起初没有防护服，她每天穿着雨衣，戴着滑雪镜，开车去给医护人员送饭。

她的到来让很多天天吃泡面的医生终于吃上了像样的饭。

有一天她去医院送饭，医生们排队来领。

她问一位医生想吃什么，对方说：“我们不挑，吃什么都可以。有这么好的盒饭很不容易了，过几天就没有了。”

回来的路上，她一边开车一边哭，说：“疫情结束之前，我决不会走！”

这个年轻的老板娘每次发的抖音都霸气又感人：

医生努力救人，我们努力做饭！

我不要捐款，我自己有钱！

我一生低调做人，谨小慎微，但在爱国上我绝不低调！

别问我怕不怕，累不累，我只知道同心一致抗疫情，团结一致才能渡难关！

有人问她：“这么送你能坚持多久？”

她回：“随时准备卖法拉利！”

有网友给她留言说：“我是湖北人，真的感谢你！”

她回：“灾难面前都是一家人，应该的！”

有医护人员在拿了盒饭后，会偷偷地往她车上放几盒牛奶。

也有网友说：“等疫情过去，我们去把她的店撑爆吧。让她 2021 年在武汉换个大房子！”

爱推动爱，微光点亮微光。

当善良的人拉起手，春天怎会不来？

有个武汉小姐姐是新冠病毒的痊愈患者，2月1日从金银潭医院出院。

两周后，她从新闻里看到金银潭医院院长说康复患者体内有综合抗体，可以对抗病毒，恳请康复后的患者去医院捐献血浆。

她立刻决定去捐献，还呼吁其他痊愈患者也前来支持。

据报道，“康复者血浆捐献”的3部热线公布后，电话瞬间被打爆，很多痊愈患者都积极想要捐献血浆。

这是一条让人感动的新闻。

中国人讲，滴水之恩，当涌泉相报。那么救命之恩，何以为报？

康复者们选择用热血来报答，毫不犹豫，毫无畏惧。

人人知恩的世界，一定不会很差。

这次疫情让我忽然看懂了很多事。

以前我总觉得生活不过如此，大家各自工作，各揣小算盘，关系平淡而疏离。而当疫情忽然袭来，当我们忽然面临动荡和选择，我们才惊喜地发现，原来人间真的有那么多不期而遇的温暖和生生不息的希望。

那一点点小小的光，聚在一起，就成了暖阳。

早已习惯独行的人们终于知道，原来我们可以那么紧密地连在一起。在这样的善意和温暖里，没有一个冬天不可逾越。

愿这次灾难过后，我们依然心怀热望，携手向前，永远坚信人间值得。

愿我们每个中国人，今后都能在自己被需要时发出光来，用点点微光照亮黑夜、温暖人间。

扫一扫，听一听

没有一个春天不会到来

文 / 北辰

盼望春天到来的你：

我想讲一个故事。

有一个小孩，一蹦一跳，歪歪扭扭地走路，不小心摔了一跤。他可能不怎么疼，起身后还是按照老样子走路，结果又摔了一跤，这次摔疼了，他的步子瞬间变小，他走得小心认真，不敢再放肆了。

你我也都曾经像故事里的小孩一样，撒欢、奔跑、不好好走路，甚至摔过跤后，依然我行我素。

而这次新冠病毒的袭击让我们真的摔疼了，代价也很惨重。

出来混，迟早是要还的，你走过的路，每一步都算数。

疫情肆虐，不管毒源和宿主是谁，人类都逃脱不了干系。

你肆无忌惮地以王者姿态奔跑，大自然就会在忍无可忍的时候将你绊倒。

于是，在长达两个月多的时间里：

封城，禁足，百无聊赖，无所适从。

感染，离开，悲痛欲绝，撕心裂肺。

一批批的将士在前方拼命，才换来我们的片刻安宁。

记住，是“片刻”，是“暂时”，病毒一直潜伏在我们周围，虎视眈眈。

接下来我们该怎么生活？这是我们必须认真思考的。

山河无恙，你也安在，窗外的桃花依然开放，春天如常到来。

我想以下六件事，是我们以后要认真去做的。

多读一些书，不会焦虑。

读书有什么用？这一直是我们在讨论的话题，在这次疫情中，读书的作用被凸显。

钟南山不读书，如何作为全国人民信赖的抗疫统帅奔赴武汉？

医生、护士不读书，谈什么用精湛的医术去拯救濒临绝境的患者？

再看看那些造谣、传谣的人，无不透出读书少、没文化、没判断力的可笑嘴脸。

再看看那些不戴口罩、硬闯隔离区的人，暴露出了多少文化沙漠里的无知和荒唐。

还有迁怒于猫猫狗狗的，大批抢购双黄连的，甚至在风口浪尖聚会的……

上述现象比比皆是，触目惊心，直教人感叹：没文化，真可怕。

人的世界里，永远都有盲区，盲区越多，人就越愚昧混乱，越举步维艰。

而知识永远是照亮世界的明灯，胸中藏有万卷书，才会不慌乱，不踟蹰。

多一点睡眠，不再熬夜。

我们遗憾地看到了很多在一线战斗的英雄，因为加班加点，多日连轴转，辛劳猝死。

当然，他们用自己的血肉之躯，换回了无数鲜活的生命。

可是你呢？是不是还在通宵达旦地耍手机、玩游戏、追剧？

你对社会没有贡献，却对摧残自己的身体，糟蹋自己的健康“贡献”巨大。

且不说这样做愧对那些用生命保护我们的人，愧对给我们身体发肤的父母，根本上，你多么对不起自己啊！

这次疫情来势汹汹，如同洪水猛兽，而且到现在都没有疫苗和特效药，人们基本都是在靠抵抗力跟病毒对战。

你的抵抗力还好吗？每个人都应该问问自己。

从今天起，好好睡觉吧。

睡得好的人，抵抗力会增加。很多轻度患者可以自愈，靠的就是良好的作息规律，靠的就是自己身体的底子，就是严格的自律！

好的睡眠已经是 21 世纪最昂贵的奢侈品，希望你拥有。

多一些陪伴，不留遗憾。

这次病毒来袭，让很多人还没有来得及在春节和家人团聚，见上一面，便阴阳两隔。

我们总是在失去后方知悔恨，那些所谓的“来日方长”“有的是机会”，成了最漫长的“谎言”。

湖北籍贫困大学生小浩为了给家里减轻负担，自从大一开始，连续三年的假期都没有回家，在餐馆打工，给孩子做家教，最忙的时候每天做三份工，他的父母也在不同的城市打工。今年春节他们本来商量好回家过年，都买好了车票，可惜疫情爆发，封城后无法成行。1月29日，小浩等来了父亲感染病毒不治离世的噩耗。

“我没有父亲了，见他的最后一面竟然是两年前……”小浩的哽咽让人心痛。

很多时候，离别猝不及防，一转身就是一辈子。

所以，无论生活多艰难，请尽量分一些时间给你爱的人，多陪伴，勤见面，别留遗憾。

多一些锻炼，不易折断。

运动这个词，你喊了一万遍，但是都停留在嘴上，没落实在腿上。

很多人说，平时起早贪黑，下班累到瘫软，光是活着就已经拼尽全力了，哪有时间运动。

可是你不知道，很多城市里的24小时健身房在深夜时分依然人来人往，而经常光顾那里的人很可能比你更忙。

有人把谈判约在了健身房，有的人，项目是在跑步机上谈成的。越自律越成功已经成为了不争的事实。

那些说自己忙的人，越来越胖，越来越懒，越来越没效率，越来越窘迫。

憋闷在家的日子里，那些习惯泡健身房的人，依然会想办法锻炼，各种花样健身方式刷爆了抖音。

而那些平时老说忙忙忙的人，依然只是无所事事地刷手机，吃出了“五花腩”，多长了十斤肉。

人生的路，说长也长，100 多岁的老人给自己 80 多岁的女儿捎糖吃。

人生的路，说短也短，无数白发人呼天抢地地送别黑发人。

生命易折，为了让自己不成为易碎品，好好运动，维持健康，把“我忙”换成“我来”吧。

多一点行动，不要拖延。

拖延症已经成为现代人的通病。

“再说吧！”

“下次吧！”

“研究研究！”

“回头再约！”

“改天啊！”

疫情到来后，我听到很多人说：“早知道我就……”

世上哪有那么多“早知道”，唯有行动、不拖延，才不会后悔。

疫情过后，这些不知何时能兑现的客套话就别说了，每一个没有具体时间的邀约都是谎言！

别再自欺欺人了！对不愿意的事，当下就拒绝，说不！

别再拖延时光了！对你想做的事，马上就“说干就干”！

要学的外语，要见的朋友，要追回的感情，要去喝的咖啡……一切都别错过。

既然世事难料，既然未来难测，不如就趁现在做，现在就是最好的时机。

多一个爱好，不会慌张。

这一个多月里，太多人百无聊赖，甚至荒唐行事，鬼哭狼嚎，憋闷疯狂，难以自处。

但是我们也看到了，有人弹琴下棋，有人书法作画，有人自编自导，有人看书写作。

多一个爱好，会让你不慌张。如果你能终身持有它，更是一大幸事。

我有一个原来做音乐编辑的同事，40 多岁了，一直单身，被称为“怪人”，多年来一直把黑胶唱片当自己的爱人。他把所有的收入和精力都放在听音乐会和买黑胶唱片上了，我曾经目睹他为了请假去南京看一场“修女无伴奏合唱团”的表演而和领导拍桌子；我也曾经被邀请去他家里一边吃牛排，一边听他珍藏多年的唱片，去之前被告知必须穿正装。

前几天我和他打电话，这位老哥说，正好有时间整理和擦拭自己心爱的唱片，此刻端着红酒徜徉在世界音乐之旅，别提多舒服了。

每个人都有自己的活法，那些迷茫慌乱的人往往不知道心之所倚，不清楚自己可以如此痴迷。

纵览人间，沟壑纵横，但是你可以活得坚挺。

阅遍千山，历经风雨，但是你可以简单通透。

这个世界，从不太平，但是你可以活得宁静。

有人说人生是一场苦旅，那是因为你活得太懈怠。

若想活得生机勃勃、多姿多彩，那么读书、睡觉、陪伴、运动、执行、挚爱就是你的解药。

热爱生活、善待生命的人，永远都活在春天里。

愿我们都能迎来春光烂漫，愿我们永远共守盛世繁华。

扫一扫，听一听

你要活成一束光

文 / 李月亮

妹妹:

偶然听到了你和几个闺密的聊天。

你们热情洋溢地讨论着几个女星，如数家珍地说谁眼睛美，谁皮肤好，谁五十岁了还像三十岁，谁整过鼻子，谁开过眼角……

你说，真恨你妈没给你生一张好脸。

她说，女人要是长得丑，还不如去死。

还有一个人半开玩笑地说，如果不能嫁豪门，人生还有什么意义？

我很无语。

我知道你一向对形象非常在意，化妆品一堆，美妆 App 一堆，满脑子都是美美美。

你喜欢的女星连一部像样的作品都没有，只是够美，但你觉得她的人生太成功了。

你对工作的兴趣不及扮靓的十分之一。

你的最大人生目标是嫁个好男人，其次是躺着赚大钱……

亲爱的，你好像对女人和这世界有什么误解。

这么跑偏下去，你怕是要离幸福越来越远了。

一个美好的女人，不可能只有一张俏脸。

一个美好的女人，也绝不应该在玫瑰色的梦里虚度一生。

她应该有许多价值、许多梦想、许多体验、许多作为。

她应该汇聚赤橙黄绿青蓝紫，然后活成一束七彩的光，在这世界闪闪发光。

那到底是什么样的呢？

我觉得，有两个女人可以作为榜样。

我细细说。

一个是林徽因。

林徽因出生时还是大清朝，但她的一生，比现代女性还现代。

她父亲是新派人物，但母亲是大字不识的旧式女人，受尽父亲冷落。

林徽因跟着母亲在后院长大，悲怨的母亲常把气撒在她身上，不时打骂她。

换成别人，单单一个怨气冲天的妈，就能使她一生抑郁了。

但林徽因没有。

她还是发自内心地爱父亲、爱母亲。

还是明朗活泼地亲近同父异母的弟弟妹妹。

还是热情地喜欢这个世界，对一切充满新奇。

——她的一生，都洋溢着这种爱和热情。

她写诗、写小说、写戏剧，是文坛的活跃分子。

当年泰戈尔访华时，她还用英语出演过戏剧的女主角。

她和梁思成在加拿大结婚时，她自己设计了中式结婚礼服。

她喜欢和朋友一道骑毛驴游香山，到冷落已久的古寺中野餐。

她儿子后来回忆说：“母亲不爱做家务，但仍是热心的主妇、温柔的妈妈。我家里有一株海棠、两株马缨花、几件从旧货店里买来的老式家具、一两尊在野外考察中拾到的残破石雕，还有无数的书。我的姑姑、叔叔、舅舅和姨，都爱这位长嫂、长姐，每逢假日，这四合院里就充满了年轻人的高谈阔论、笑语喧声。”

当然，除了亲戚，林徽因著名的客厅，更集结了当时最有才华的文化人。

朋友回忆说：

“梁太太总是聚会的中心人物。当她侃侃而谈的时候，她的那些爱慕者总是为她那天马行空般的灵感中所迸发出来的精辟警语而倾倒。”

“那绝不是结了婚的妇人那种闲言碎语，是有学识、有见地，犀利敏捷的批评。”

此外，她还是个忘我、成就显赫的学者。

她花了十几年的时间，和梁思成走遍大半个中国，荒郊野谷，风餐露宿，考察测绘了两百多处古建筑。

赵州桥、五台山佛光寺等，都是由于他们的艰辛努力才得以被保护、被人们熟知。

她用奔放的文学语言、嬉笑怒骂的杂文笔法写学术报告。

她的小帆布床周围堆满了中外文书籍，生病期间还在读二十四史，做了大量笔记。

梁思成的论文大多经过她的高明指点。

生命的最后几年，她肺病严重，却依然完成了好几项工作：设计国徽、设计人民英雄纪念碑、抢救景泰蓝工艺……

没有一位中国女性在建筑学方面的成就能和她相提并论。

民国时期名媛众多，但论真才实学和对社会的价值，没有一个能与林徽因匹敌。

我一直觉得，林徽因活出了一个女人最该有的样子。

爱自己，也爱别人；懂得享受生活，也肯低头吃苦。

她很美，但绝不只有美。她智慧、热情、有学识、有价值。

她像一束光，明朗、闪耀、光彩照人，自己活得尽兴，也让别人因她的存在而温暖光明。

第二个女人，是我的一个远房姑姑。

她十九岁就嫁了人，二十岁就离了婚，因为老公爱喝酒，喝了酒就打她。

离婚时她还大着肚子，娘家人拼死阻挡没挡住，觉得丢人，不许她回家。

她无处可去，跑到我家住了半年，生下了女儿。

孩子才两个月，她就出去工作了。在裁缝厂做裤子，别的女人一天做四条，她照顾着孩子还能做六条。

她爱说笑，在哪儿干活，哪儿就有欢声笑语。

那些本来嫌弃她大肚子离婚的老派思想的女人，也慢慢开始喜欢她，有什么好活都喊她去。

后来她攒了点钱，买了套小房子，收拾得利利落落，院子里从春到秋一直开着漂亮的花。

房子旁边有棵百年老槐树，枝繁叶茂，特别好看。

她后来跟我说，就是喜欢那棵树，才买的这套房。

我们小孩都特别喜欢去她家玩，她给我们做点心，和我们玩游戏，给我们讲故事，讲到开心处，一屋子的笑声几乎要掀翻房顶。

去年回老家，几个当年的小伙伴说起这些事，大家都还记得，都说那是特别难忘的童年时光。

姑姑起初只会做些简单的裁缝活，后来年年去市里学习，回来就在家点灯熬夜地练，不论谁拿块布料过去，她都会给做成漂亮衣服，不要钱，就当作练习手艺了。

后来她自己开了制衣店，生意特别好。

女儿十岁时，她又结了婚。老公是她店里跟她干活的小伙子，叫庆子，比她小五岁。

这婚姻又是一场轩然大波。

庆子妈激烈反对，堵在店门口骂她不要脸，说："我们儿子什么样的好姑娘找不到，非找你个离婚带孩子的女人？"

她不卑不亢，说："这话最开始我就问过庆子，他说他愿意。我仔细想想，也觉得我配得上他。您要觉得亏了，可以回家再跟庆子聊聊。他要反悔，我没话说；他要还愿意，那我也不能辜负他。”

庆子当然不后悔，偷了家里的户口本跟她结了婚，俩人到现在感情都特别好。

姑姑后来成了庆子全家的主心骨，大事小情全是她张罗，闹别扭的全是她摆平，亲戚们有事，总是第一个想到请她帮忙。

她一个人，把娘家、婆家都料理得妥妥当当。

她就是有种魔力，不管遇到多大的麻烦，看到她，你就会觉得，太好了，有救了。

曾经跟她势不两立的婆婆，后来谁的话也不信，就信她。生了病医生让住院，婆婆必须打电话问问她，她说住，婆婆才住。

其实，姑姑这辈子也没干过多大的事、赚过多少钱。

制衣店始终是七八个人的规模，收入在小县城够花，但还远算不上有钱人。

但我总觉得，她就是我人生的一个榜样。

她身上从内到外散发着一种光，这光芒，让她所到之处都是明朗快乐。

她个子不高，长得一点也不漂亮，但活得是真漂亮。

如果让我说，一个女人应该活成什么样，我想肯定不是多美、多有钱、多不显老、嫁得多好。

当然，更不是做三从四德、全盘奉献的贤妻良母。

而是，你的周身散发着巨大而美好的能量。

你快乐，别人看到你，也快乐。

你要活成一束光。

光够亮，就福泽四方；

光微弱，就惠及身旁。

一个人的价值和幸福感，真的跟美不美、老不老关系不大。

你可以为自己的外表费一点心，但千万别浪费太多精力，千万别把“美美美”当成最高追求，那就浅薄了。

人最重要的，还是内在价值。

一个女人的美，绝不仅是眼睛多大、鼻子多挺、身材比例多完美。

更是你神采奕奕、举止得体、言谈从容，处事温厚又有力量。

一个女人的精致，绝不仅是化个眼妆、做个美甲、戴个宝格丽腕表。

更是生病时还坚持读书，兵荒马乱时还给孩子画画，筋疲力尽了也要找一棵有花的树休息。

一个女人的价值，绝不仅是赚多少钱、站在多风光的位置。

更是你给身边人挡了多少风和雨，给这世界贡献了多少光和热。

有的女人，一身负能量，所到之处，皆寸草不生。

有的女人，活成一束光，走到哪里，都生机勃勃。

你一定要做后一种人。

不用多么扎眼，但要明亮、欢畅、蓬勃。

要笑容温暖，拥抱有力。

要历经人生曲折，热情不改。

要让别人想起你就会笑、就踏实、就有力量，觉得世界光明。

如此一生，才值得，才算没白活。

扫一扫，听一听

失败的人生，都是从这六句话开始的

文 / 北辰

陌生的兄弟：

周末，我约了好友去三里屯谈事。最拥堵的时间，最拥堵的路段，六公里，我走了一小时。

这一小时里，我有幸在车上全程听了一场你和几个哥们儿纯原生态的对话。

你们一直在吐槽一个没在场的哥们儿，好像大家都对他有些不满。

很多话，我觉得特有意思，堪称经典。

这些年，一模一样的话我听过无数次，也一直想反吐槽一次。

今天就聊聊其中最经典的六句吧。

我想真诚地告诉你：说这六句话的人，基本都废掉了。

第一句："我就不信了，没有他爹，他能有今天？"

你还真别不信，给你一个那样的爹，你也未必能飞黄腾达。

你可能坐吃山空，还可能祸从福起。

同样，一个时刻知道自己要什么并如何得到的人，就算没有那样的爹，一样可以所向披靡。最多是成长的起点和路径不同，但终点都在一起。

这不是"鸡汤"，而是事实。

2018 年胡润富豪榜上，中国前五十名的巨富中，有四十四个人完全是白手起家。这四十四个人没有拼爹，但是站在了不知多少富二代抵达不了的地方。

换句话说，决定一个人行不行的，真不是出身。

李嘉诚一直刻意打压儿子李泽楷的优越感，让他用平凡的视角去看待自己的人生。

他最常说的就是："我的是我的，你的是你的。你想要的不要指望从我手里得到，而是自己争取。"

李泽楷大学毕业后，在加拿大多伦多投资银行担任最年轻的合伙人，而不是直接接受家族企业的馈赠，一步到位。

熟悉商圈的人都知道，李泽楷成为今天的商业大腕，百分之八十靠的是自己的努力和实力。

还是那句话：有厉害的爹固然好，但你自己也得是那样的，否则神仙也救不了你。

想想啊，你也拥有受教育的机会，为什么别人考上了“985”而你没有？是不是因为别人背单词做习题挑灯夜读的时候，你在逃课、打游戏、谈恋爱？

别人为了让自己发光而充电，你为了自己开心而放电，你的后劲自然没有人家足。

越优秀的人，越懂得自己该具备哪些价值，然后坚持不懈地在自己身上储备，以备不时之需。

所有看起来的幸运，背后都有踏实努力的成分。

这世界，永远是越努力越顺遂，越勤奋越幸运。

你没尽力，这世界凭什么随你心意？

第二句：“他有今天，纯粹是瞎猫碰上死耗子。”

当然不是。谁的优秀也不是信手拈来。

一个人失败可能是因为瞎，成功却不可能。

你认为别人成功全靠运气，那八成是你瞎。

就像同样钓鱼，别人一小时钓十八条，你却一条没有。你觉得他是碰巧赶上鱼窝了，却没看到人家挑鱼竿、选鱼饵、研究钓鱼技巧，费了多大劲。

我有个听众，多年前到深圳打工，每天在流水线上工作十六个小时，目的就是每个月能寄回家八百块钱，让弟弟妹妹读书。

后来他当上了组长，就开始研究行业规律、发展前景，苦学核心技术。

因为懂市场又有技术，他成了副厂长，那时候他又开始琢磨自己创业。

现在，他已经是三家企业的董事长。

上次见面时我问他："现在的目标是什么？"他说："就是让自己有价值，让员工和社会受益。"

我觉得好棒。

一个普通人，可能就是这样成长的：

最初是脱贫阶段，解决衣食住行的基本需要。比如刚毕业时，你要有钱吃饭、买衣服、租房子，这叫养活自己。

然后是你开始锤炼自己的价值，让它发挥最大的光和热，给自己和身边人足够的帮助。

第三步是你要实现自己更大的社会价值，成为一个对社会真正有用的人。

世间有成就的人，莫不如此。

他们的成功，来自他们良好的思维模式和强大的决断力、执行力。

他们一直朝着有光的方向去，才终于被光笼罩，甚至自己也开始闪闪发光。

而你还以为他只是赶上了风口、碰巧遇到了好行业。

开玩笑，成功哪有那么简单？

第三句："现在牛了，不爱搭理我们了。"

我告诉你，他为什么不搭理你们了。

世间万物都讲资源配比，越优秀的人，越知道要把时间放在有价值的事情上，越讨厌无用社交。

成长型社会，连婚姻关系都已经从过去的陪伴式进阶到了现在的成长式。

其他人际关系更是。

小时候牵手同行的伙伴，别人已经在下一个路口，你还在原地闲混，谁会等你？又怎么和你同行？

人和人的匹配度很重要。

经常听到某人说：我要是能认识谁谁谁就好了。

你有没有想过：第一，人家为什么要认识你？第二，即便你认识了人家，很可能也根本没有用，因为你们的资源不对等。

就像给一个不识字的老太太一台最高配的电脑，她能拿来创造价值吗？

就像你家着火了，大海的水再多，也救不了你的急。

所以，别怪人家不理你，因为他的世界你实在够不着。你的存在，对人家也真的毫无用处。

人和人层次不同了，圈子就不同，眼界就不同，唠嗑儿就很难唠到一起去。

大家就算努力坐在一起，也是互相听不懂、彼此不理解，纯属浪费时间。

这样的关系渐行渐远也实属正常。

你可能只觉得别人混得好了，牛了、清高了、看不起你了，其实，人家可能依然在乎你们过去的交情，珍惜你们共有的记忆。只是，人家不愿意花太多精力来维护已经逝去的美好，因为有更美好的未来要追逐。

而你，如果希望维持和对方的关系，就不要在别人展翅高飞的时候，停在原地老化、腐朽，甚至倒退。

跟上别人的成长脚步，才是当务之急。

假使你争气，有一天把他远远甩在了身后，你就会懂他今天为什么不理你了。

第四句：“我们这关系，连五万都不借？”

你责怪人家没借钱给你，我告诉你为什么——

其一：越有钱的人，钱越紧张。因为人家的钱都是活的、流动生钱的，绝不会无用地放在手里等着你来借。

其二：你的还钱能力和信誉度不够，人家凭什么明知有去无回，还要借出去打水漂？

其三：如果你觉得，他有钱，借你是应该的，不借就不讲究。那么换我也不借给你——不懂感恩，将来难保不是个白眼狼。

富人通常不接受道德绑架，他们的一切活动都是价值在驱动。穷人的世界才遍布什么“这么多年哥们儿，你怎么能……”“咱关系这么好，你就应该……”

对不起，这个世界哪来的应该？成年以后，爹妈都没有义务帮你，何况他人。

一个成年人，一定要想着自己发光，而不是到处沾光。

一定要让自己有实实在在的价值，而不是拉关系、谈感情、撒泼耍赖一样去占别人便宜。

否则，你迟早会陷入绝境。

第五句：“你们看着吧，他嘚瑟不了多久，早晚完蛋。”

这世上有一种人，自己不争气，还嫉妒别人有成绩，可是又不想努力，只盼着别人倒霉。

如果 loser（失败者）也分三六九等的话，这种人就是最 low（低端）那一等，最窝囊、最不堪、最没用。

如果不改变心态，永远翻不了身。

第六句：“我这几年干的几个行业都不行，否则我肯定比他强。”

我来无情地打破你这自欺欺人的幻觉吧——

行业对人来说确实很重要，但要是换了好几行都不成，就别让行业背锅了，多想想自己的问题吧。

经常有听众问我：“现在餐饮行业不好干哪，我换个什么行业好呢？”

我觉得吧，根本不用换。

第一，行业大背景和趋势，确实会对从业者有影响，但通常影响的是大集团、大公司，而不是小餐馆的小老板。

第二，行业趋势是会变的。

第三，你在一个行业做了几年，自然对这个行业有所了解，自然就比转到陌生领域更有优势。所以人一旦选准了行业，轻易不要换，稳稳当当扎进去，比较容易干出名堂来。

那些工作一不顺心就换来换去的人，往往一事无成。

开餐馆的比比皆是，赔钱的不少，赚钱的也很多。

细想一下，哪个行业不是一样呢?

做自媒体的，有的每月进账百万，有的辛辛苦苦五年，还没看见过钱。

所以，与其怨天怨地、怨行业、怨老板、怨隔壁老王，不如好好想想如何提高自身实力，如何把事情做好。

人如果只会怨天尤人，不懂自我反思，就会一辈子活在黑暗里。

其实，你们还说了很多很多，都是可怜大男人顾影自怜的话。

我又一次发现，男人要哀怨起来，比怨妇更可怕、更可悲。

别人生活在亮处，有光就借势闪耀，无光就自己努力闪亮；你却生活在暗处，有光也无法温暖，无光更是如死寂一片。

哥们儿，人活一回，不该活在哀怨里。

你要好好想想你和优秀之间的距离，如何才能一步一步走到那里。

别怕摔倒。人生如同走夜路，谁都是第一次做人，都是深一脚浅一脚、摸爬滚打、踉踉跄跄。

别人能磕磕绊绊地走到自己的光芒里，你为什么不可以?

所以，给自己打足气，出发吧。

如果身边刚好有人给你照亮，请你感恩，并赶紧走几步，因为别人不会一直给你开着灯。

如果没有，你就要自己顽强地活成一束光，以智慧、勇气、实力，让老天不得不眷顾你。

你是一轮月，就内心清朗。

你是一束光，就前路坦荡。

扫一扫，听一听

愿你此生，最美好的东西都遇见

文 / 李月亮

女儿：

我常常偷偷打量你，想象你这个小萌妞，会长成怎样的大姑娘。

天下的妈妈都对女儿有无穷期待。

以下，是我能想象一个女人最美好的样子。

愿你如是。

不用很美，但应该很明媚。

高高瘦瘦当然好，但有点肉肉也没问题。

相比一个忧郁美人儿，我更希望你是个生机盎然的快乐姑娘——

心态阳光，遇事乐观，浑身散发着暖暖的正能量，到五十岁依然有明媚笑容。

有深入骨子里的教养。

不聒噪，不说脏话。

不无故给人添麻烦，不拿别人的痛处开玩笑。

脸上总有得体的微笑，会不露声色地化解尴尬。

能体会他人的不易，对保洁阿姨和快递小哥都能有礼貌。

尊重跟自己三观、喜好不同的人，努力去找能和谐相处的共同点。

总之，你要让自己所到之处，让人如沐春风，而非深感不适。

外圆内方，外柔内刚。

随和，但有自己的准则。

与人为善，但有自己的判断和底线。

为人处世不固执冷硬，必要时可以有圆润的妥协、柔软的体谅，但退到哪里自己有分寸。

有梦想，但不活在梦里。

不得过且过，也不过分在意肤浅的东西。

知道自己想要什么，也对未来有大体的长远规划。

肯下笨功夫，肯付出艰苦努力，扎扎实实一步一步去接近自己的梦想。

不哭穷，也不炫富。

不活在别人的评价里。

自己有什么不刻意给别人看。

自己没有的，自己努力去赚。

深信真实是最舒服、最坦然也最招人喜欢的状态，没有之一。

会玩，会生活，会取悦自己。

有事没事，写个诗，拍个视频，看个小众文艺片，去郊外爬个小山，拿旧衬衫做个独一无二的包包。

偶尔野营，经常买花，不时仰望星空。喜欢一切美好的事物，对未知领域始终有一点好奇心，一个人生活也从不觉得闷。

历经生活磨砺，心底始终柔软。

被打击过，委屈过，在心里骂过，在夜里哭过，却始终保持对他人的善意和对生活的感受力。

看见风吹过麦田会心动，看见小动物受伤会心疼，路遇小朋友会冲对方笑，对亲密的朋友始终保持一片赤胆忠心。

不过分执迷于某人某事。

喜欢的人会努力争取，不患得患失。

得到了会很珍惜，得不到也能释然。

失恋了会难过，但能很快走出来。

知道没有人是无可取代的。

对于无法改变的事，都可以平静接受。

运气越好越低调。

知道有些东西是运气好才拥有的，比如家境、美貌、才华。

也知道有些东西是随时可能失去的，比如卡上的钱、他人的好感。

所以，要谦虚低调，不要炫耀。

靠自己的本事打天下。

这一条，最重要。

懂得人活在天地间，就该自己撑起一片天，千万不要赖在男人身上过活。

懂得坚强是所有人的必需品，不分男女，从不哀怨什么“如果有人疼，谁愿意坚强”。

不娇气，不玻璃心，不一言不合就嘤嘤嘤找妈妈。

天黑会害怕，但再怕也不逃跑。

该往前冲就往前冲，该担责任就担责任，该杀血路就杀血路。

该甩开膀子迎难而上的时候，一点不含糊。

特别帅。

总之，愿你用力爱过，也用力生活着。艰苦卓绝能度过，风花雪月不错过。

愿你行走于世，运气一直都可以。迷茫时能看到微光，艰难时有人出手相助。

愿你此生，最大的愿望都实现，最美好的东西都遇见。

扫一扫，听一听

生活再刁钻，也不要被打倒

文 / 北辰

儿子：

你长势喜人，常给我惊喜，也常让我措手不及。

照这个趋势下去，真不知未来你会变成什么样。

你当然有你的成长逻辑，但我特别希望，长大后的你，是这样一个人。

愿你成为清醒的人，掌控生活，而不是被动地活着。

这是个特别复杂的世界，所以希望你的眼睛和脑子都特别勤快特别灵，看世界、看自己，都通透而清晰。

这样你就对世界有相对准确的认知，知道自己应该要什么，可以要什么，怎么才能得到，而不是被动地、迷迷糊糊地接受命运硬塞给你的生活。

清醒的人，才能掌控生活；能掌控生活的人，才有长久的幸福可言。

愿你成为有温度的人，去爱、去温暖、去照亮。

绝大多数时候，人和人之间，也遵循能量守恒定律。

热情换热情，冷漠换冷漠。

你给别人温暖，通常会得到同样的回赠。

所以，希望你能对这世界心怀善意，力所能及地去爱、去温暖、去照亮别人。

这样你也会收到很多温暖和光亮。

我再爱你，能给你的也有限。

你身边的人都爱你，幸福才会源源不绝。

愿你成为自己喜欢的人，不自卑、不拧巴。

每个人都不完美。很多人会揪住自己的不完美不放，并因此深深自卑、拧巴，把自己打入深渊。

你可千万别这样。

要知道，人有缺点，是天底下最正常的事。

我们必须学会爱不完美的自己，这不是自恋，而是对真实自我的认同和接纳。

世间最美的情话，不是“我爱你”，而是“我爱我”。

世上谁不爱你都不要紧，但你不能不爱自己。

爱自己的人，才懂得生命珍贵，才愿意认真生活，才能活出生命最美好的样子。

愿你成为总有办法的人，生活再刁钻，也不会被打倒。

人这一辈子，会遇到大大小小不计其数的难题，被困住是家常便饭。

但我希望你永远记住一句话：办法总比问题多。

是的，就像每道数学题都有答案一样，所有的困难，都有解决办法。所以，不管遇到怎样的困境，你都要有信心，不绝望。

当然，要想总是能够又快又好地找到办法，你需要足够努力，不断学习，不断长经验和智慧。像多啦A梦，口袋里装好所有的秘密武器，想要哪样就掏哪样，生活再刁钻，也永远不会被难倒。

愿你成为不讨厌的人，起码做到无毒、无公害 。

你不必让所有人喜欢，但一定别让所有人讨厌。

别犯贱，别坏心眼，别小家子气，别太自私自我，别一身负能量。

如果你感到身边所有人都不喜欢你，就必须反省自己了。

我们可以做不到受万众敬仰，但起码要做到无毒无公害，不能让人见了你都躲着走，否则你的日子一定不好过。

愿你一生了无遗憾，这是一个人的最高成就。

人这一生，会有很多选择、很多迷失、很多错过。

犯错在所难免，我只希望你不遗憾。

只要大多数决定是自己做出的，没有跟风盲从，就不必患得患失。

愿你在暮年回首来路时，对自己坦然微笑：嘿，你一路荆棘、坎坷丛生，但是见到了很多不一样的风景，也见证了自己所有的潜力和可能。

愿你这一生，想做的都做了，做了的也都尽力了，没有牵挂，了无遗憾。

儿子，每个爸爸对自己的孩子都有好多期待，但我尊重你长成的每一种样子。

天大地大，是你的舞台。愿你尽情跳跃奔跑、歌唱舞蹈。爸爸会做你最忠实的观众，永远以最饱满的热情，认真欣赏，用力鼓掌。

扫一扫，听一听

有人给你的爱，世间无人能及

文 / 李月亮

妈妈：

我知道你并不热衷过什么节，但你喜欢听我说话。

所以这个母亲节，我们说说话吧。

小时候我觉得你特别厉害，天文地理无所不知，赚钱社交无所不能，是个集美貌智慧与才华胆识于一身的女子。

只要有你，桌上就有饭，水果就新鲜，家里就温暖，所有的麻烦就都简单。

你就这么陪着我，在谈笑中，在一粥一饭中，在亲昵的拥抱中，在令我昏昏欲睡的儿歌中，在时钟的嘀嘀嗒嗒中，过了一年又一年。

我磕磕绊绊地长大，慢慢离开你，投奔我的美丽新世界。

而留在旧世界的你，不知何时已不那么厉害了——

精力越来越差，常常力不从心。

走路有些蹒跚，很多事情都记不住。

知识不那么渊博了，手机电脑也不怎么会用。

但你还逞能，什么都不用我管。

你总怕给我添麻烦，也许还有点怕我嫌弃你。

真多余啊，妈！

我从小到大，给你添的麻烦还少吗？

我小时候那么笨，你也没嫌弃过我啊。

你跟别人见外也就罢了，跟自己的儿女，就免了吧。

我不常在家，其实心里总有份很重的牵挂，总怕你和爸爸过得不好。

怕你们身体不好又不说，把小病拖成大病。

怕你们跟亲戚邻居相处不好又不说，心里憋屈压抑还解决不了。

怕家里电器坏了、水管漏了你们修不好又不说，日子过得别别扭扭不舒服。

真的，我的精力都浪费在担心、忧虑、猜猜猜上了。

与其如此，还不如实实在在解决问题。

你要是什么都告诉我、求助我，我心里有数，反而踏实。

所以，别怕给我添麻烦，有事你就说，我特别愿意尽绵薄之力。

本来，我也该尽。

你总舍不得花钱。

自己收入不低，我给的也不少，日子还是过得像五保户。

你理八块钱的头发，穿十八块钱的裤子，去超市永远直奔特价区，为了一斤省三毛钱的鸡蛋排两个小时队……

自己还一个劲儿地说乐意乐意、挺好挺好。

我就不信，十八块钱的裤子会比三百块钱的好？在超市排队会比去公园散步好？

说来说去，你还不都是为了省钱？

你们那代人，在物质匮乏的环境中长大，穷怕了，总想省着点、攒着点，攒多少都觉得不够，一花钱就有罪恶感。

于是你们永远过不上好日子。

没钱苦，有钱舍不得花还是苦。

我真心愁得慌。

其实你费心费力省好几年，还不够我们出国玩一趟的，性价比太低了。

何况咱也不差那几块钱，咱差的是生活质量，是你们的幸福晚年。

天下儿女，都盼着父母幸福。

可我们时间有限，很难做到二十四小时陪伴。有时工作忙抽不开身，万般无奈之下也只能让钱来尽孝。

而这钱，只有在变成你的真丝衬衫、爸爸的羊绒围巾、餐桌上的红烧排骨时才有意义。

要是它们直接溜进了银行卡里，我又何必给你，我自己存着不好吗？理财我可比你厉害呀。

你们前半生不易，苦过、拼过，什么累都受过。

如今状况好不容易好起来了，理应好好享受生活，过美美的日子。

要是再苦哈哈、紧巴巴、凑凑合合地过日子，咱怎么对得起过去吃的那八十卡车的苦呢？

所以啊，妈，一句话：我给你钱，你就花。

我有一次切菜不小心切到手指，留了条浅浅的疤。

好几个月了，根本没人注意到。

但上次回家，进门还没五分钟，你就问我是怎么弄的。

我知道，这就是妈啊。

你对我的疼爱了解，世间无人能及。

别人看我都看皮囊，只有你看我从表到里、一眼到底。

别人都在看我飞得高不高，只有你关心我飞得累不累。

而这份爱，就是你手中拽着我的线，让我无论飞多远，最后都会回到你怀里。

都说父母子女一场，是一次渐行渐远的分离。

其实这说的只是前半场。

没错，这些年，我从你的肚子里，到你的怀里，再到隔壁房间，再到后来离家千里。

到现在，我有了自己的家，和你不再一个家。

但是，妈，别担心，我最远也就到这里了。

人生的下半场，我这只不管不顾的风筝，会慢慢飞回你身边，越来越多地和你在一起。

因为你爱我，我也爱你；你需要我，我也需要你。

那天翻老照片，发现还是小女孩时的你笑得真好看。

那时的你应该有很多憧憬吧？

不知人生至此，你曾经的憧憬实现了多少？你对这几十年的人生满意吗？你有没有可达成却未达成的愿望？

若有，你就去做吧！比如学画画、去旅行、去见失散多年的闺密……

勇敢去，妈，就像我小时候你一直鼓励我的那样。

我特别希望看到一个精彩快乐、心满意足的你。

还有，照片上那个还是少女的你，没想到会有一个我这样的女儿吧?

现在我也是妈妈了，也有了一个可爱的小孩。

我像你爱我那样爱他，他也像我爱你那样爱我。

我们一家人，就这样一辈人一辈人、一辈子一辈子，一直爱一直爱。

多好。

嗯……最后再说三句话吧，是我心里一直想对你说的——

谢谢你，妈。你不辞辛劳地把我这么麻烦的小孩养大，竭尽全力地把你能给的最好的东西都给我。

对不起，妈。没能始终陪在你身边，也没能变成让你骄傲的样子。

爱你，妈。就像你一直无理由、无条件、无法无天地爱着我。

愿你此生幸福、无憾。母亲节快乐！

扫一扫，听一听

我知道你来过，却不知道你在哪里

文 / 北辰

妈妈：

母亲节到了，心中想你。可惜你我天上人间，我的思念和祝福送不到你那里。

不知别人是否和我一样，年纪越大越想妈。

常常走着路、吃着饭、洗着脸、开着会，就忽然无端地想起你。

你明明已经走了很久，我却总觉得你一直在，在某个我找不到的地方，像以前那样爱着我。

小街的玉兰素雅绽放、暗香浮动，我会以为是你来过；

市井的孩子打闹奔跑、欢喜热闹，我会觉得你就在旁边看着；

成长路上颠沛流离、波波折折，每当我需要鼓励安慰时，总能感到你在给我力量；

周末去公园散步，常会远远看到三五成群地跳广场舞的阿姨，我总怀疑，那里面有你……

我和父亲都常在梦里看到你。

我想你应该还记得我们，记得在人间的一切。

你应该是舍不得、放不下这个家，所以才会时常回来看我们。

只是，世上最痛的痛，就是我知道你来过，却不知道你在哪里。

最近我常想，如果你在，应该也和父亲一样，花白了鬓角，嘴边却常挂着笑；

如果你在，我一定好好养你，你不听话、不吃药我也会批评你；

如果你在，估计会感到满意，我没大富大贵，但一直挺努力。

你走后，我尽量照顾好父亲，打理好自己，总觉得要对你有个交代。

我有时也想，如今日子越来越好，这些新物件，这些好东西，如果你能享受几分，该多好。

可是，你不在了，想象无穷无尽，却只能随回忆搁浅。

我知道世间万物都有定数，再相爱的人，也必将有一别。

我们母子，在命运手里偷得一些缘分，匆匆忙忙相聚一场，纵是有再多遗憾，也该庆幸。

犹记幼时，我总要紧紧牵着你的手，寸步不离。

而今你羽化成仙，我无法追随，只能在这飞花的五月，用文字写下绵长思念。

你的暖、你的慈爱、你对我不遗余力的呵护，都始终在我心里，不敢忘。

那些年你有多爱我，如今我便有多想你。

盼你常来梦里看我。

盼你一直记得回家的路。

更盼你在那边等我，我们母子，来生再聚。

婚姻中，男人最需要具备的品格是什么

文 / 李月亮

先生：

很多男人好奇，我们女人平时凑一起都在聊些什么。

其实也没什么，经常是“我老公真棒”这种话题。

比如 A 的老公上次做饭是在十一年前，B 的老公记不清孩子上几年级，C 坐月子时老公通宵打游戏，D 和婆婆闹矛盾时老公从来都站在他妈那边……

总之我们都对你们很满意，无忧无虑地过着幸福快乐的生活。

呃，好吧，并不满意。

美国有家咨询公司曾对多国女性做过深入调查，结果显示，中国女人对婚姻的满意度最低，只有百分之三十七的女人满意自己的伴侣，美国女人则是百分之七十三都满意。

作为情感作家和咨询师，这些年我至少跟上千个女人聊过她们的婚姻。

我知道让中国女人不满的，并非中国男人多坏、多差劲，相反，你们大多踏实上进、有责任心。

你们只是……太不懂女人，不太会经营婚姻，然后就是，哪里有雷往哪儿踩，怎么不对怎么来，搞得日子风雨飘摇。

所以，你们比女人更需要听听婚姻之道。

以下十条，请收好。

给她足够足够足够多的爱。

男人常常抱怨女人物质，当婚姻出现问题时，很多人的第一反应是“你不就是嫌我穷吗”。

其实根本不是。

绝大部分离婚原因调查显示，排在前三位的是出轨、家庭暴力和性格不合，经济问题很少上榜。

所以，穷根本不是多数女人对婚姻绝望的原因，又穷又不被善待才是。

物质上的欠缺并不可怕，精神上的委屈才致命。

如果你能给老婆足够足够足够多的爱，对她足够足够足够好，赚钱养你，她通常也会愿意。

她可能会不满意、会有怨气，但她舍不得离开你。

女人的傻，就在于太珍惜男人的真心，太贪恋男人对她的好。

如果该给的爱和关怀你都给到了，吃糠咽菜她都不会跑的。

但是，如果你不但让人家受穷受累，还受苦受气，要钱没有，要爱没有，温暖、陪伴、安全感，要啥啥没有，那她跟你在一起图个啥?

忠诚！忠诚！忠诚！重要的事情说三遍。

两个人在缔结亲密关系的最初，女人对男人一般是绝对信任的。

“我爱你，也深信你爱我”这个美好信念，是美好生活的基石。

之后，她每发现一次你跟别的女人勾搭、发黄段子、暧昧不清，这个基石就会晃一晃，晃多了，关系就危险了。

当然，如果上升到出轨层面，那绝对是毁灭性打击。

我做心理咨询这么多年，还真没见过几个女人是真正不在乎老公出轨的。

倒是很多男人在出轨事发后来找我，说当时没想那么多啊，现在老婆不依不饶、没完没了啊，我不想离婚但日子过不下去了啊，早知这样我肯定不敢玩火啊，可惜现在后悔也晚了啊。

嗯，最初都是心怀侥幸，最后都是悔不当初。

世上最扎心的词就是“后悔也晚了”。

感情一旦受重创，信任一旦被摧毁，想修复如初，比赚一个亿还难。

所以，如果你没做好离婚的准备，还蠢蠢欲动想挑战一下红线，最好趁早收手吧。

老妈和老婆闹，你必须主持公道，不许跑。

我见过一个笨到家的男人。

刚结婚时，老婆和老妈有点小矛盾都私下跟他说，他烦得慌，说：“你们整天唠叨这些破事烦不烦。”

后来老婆怀孕，婆媳矛盾更多，他干脆躲在单位，下班也不回家。

到孩子刚满月，婆媳俩有天动手打到了一起，然后老婆抱着孩子回了娘家，死活要离婚。

他妈也整天撺掇他离离离。

他不想离，但不离不行了。

他来找我，我送他俩字——活该！

我特别想把这个教训告诉每个已婚男人——

当你老婆和老妈气氛不对时，千万别以为你一头扎进沙子里就没事儿了。

火星子冒出来时你不灭，熊熊大火烧起来时你就吃不了兜着走吧。

记住了：你是那两个女人之间的灭火器和防火墙，你的不作为，会害了一家人。

另外请注意，灭火不是两边各怼一嗓子“你能不能别这么小气”“她就那样，我有什么办法”。

你老婆你搞不定，指望你老妈去搞定，可能吗？

你老妈你搞不定，指望你老婆去搞定，可能吗？

只要事儿存在、气没消，你就必须站出来分析、解决、疏导。

日子长着呢，一桩桩破事儿若不及时疏解，憋在心里迟早会爆炸，炸还会先炸你。

处理婆媳关系，最能看出男人的水平和担当。

孕产期要对老婆比平时好十倍。

孕产期是女人最脆弱、承受力最差的阶段，她不是故意矫情，就是那么个心理、生理状态。

你可能平时都不错，就是她想剖腹产的时候你非得让她顺，于是她会恨你一辈子。

你说你何必呢！

女人怀孕生孩子、喂奶带孩子，非常不容易。同样拥有孩子的二分之一，她比你辛苦一万倍。

你有什么理由不好好对她？

你为何非在她最脆弱、最虚弱的时候惹她？

所以，对孕产期的老婆，要像对大熊猫一样精心爱护，谨言慎行，千万别踩雷。

怀孕时多多呵护，让老婆吃得满意、过得顺心。

生产时一切遵命，她要剖就剖、要顺就顺。

坐月子时必须照顾周到，多陪她说话、多哄她开心。

关键节点，不容疏忽，免留后患。

老婆“想起来就生气”的事儿，解决掉。

你出过轨，或者跟别的女人深度暧昧过，当时被老婆发现局面一片混乱，但现在时过境迁，看起来已经风平浪静了，其实那根刺很可能还扎在老婆心里。

但你不让她说，一说你就很烦躁——“不都过去了吗，有完没完？”

于是，那根刺就始终扎着。

你感受不到，或者故意假装不知道。

但你老婆难受啊，她难受肯定会让你们的亲密关系打折扣啊。

如果类似的死结太多，你不去解，还不让说，你们的婚姻质量一定会很差。

你老婆会不时心灰意冷、怨气冲天。

所以，傻男人才会一直在老婆心里系着疙瘩，聪明的男人应该不允许老婆心里有疙瘩。

她对你两年前的出轨耿耿于怀，你就让她说。她一说你就诚恳地道歉，然后一直好好表现，到她不想再提为止。

她为没拍婚纱照心存遗憾，OK，补上。别直着脖子讲道理。谁都知道不拍婚纱照死不了人，但那是她心心念念的东西啊。

或者不等她说，你先说：“老婆，咱去补拍个婚纱照吧，当年没拍，我一直觉得挺对不住你的。”

她心里一定很痛快。

两个人走一辈子，要边走边清垃圾，这样到最后才能心无芥蒂、欢欢喜喜。

而这，需要换位思考的能力和直面难题的勇气。

别做“聋哑瞎式伴侣”。

“聋哑瞎式伴侣”，是我造的词。

说的是有些男人，一回到家就关闭所有感官，你说什么他听不见，你做什么他看不见，你希望了解的他只字不提，基本就是一块只会吃饭的石头。

这种婚姻没有任何质量可言，长此以往，是个女人都会崩溃的。

如果不想把你的女人逼到崩溃，就请你务必把耳朵、眼睛、嘴巴都打开，认真听，仔细看，好好沟通，用心陪伴。

这才叫夫妻。

“兄弟如手足，老婆……”“闭嘴！”。

一个人所有的人际关系里，伴侣应该也必须排在第一位，胜过父母、子女，更胜过朋友、哥们儿。

如果兄弟是手足的话，老婆就是命。

若有必要，宁可断手断脚，也要保命。

所以，如果你老婆对你哥们儿严重抵触，而你又不想离婚，那么，你要么说服老婆接受哥们儿的存在，要么舍哥们儿保老婆。

没有第三个选择。

注意形象。

所有漫长的东西都很考验人，婚姻尤其如此。

结婚第一年，你胡子拉碴、不修边幅她也许还能忍，第七年就未必了。

当新鲜感和神秘感在时光中消磨殆尽，你在她眼中不再自带光环，那么，一个蓬头垢面、肥硕油腻的抠脚大汉，让她如何爱得起来？

爱若不在，婚姻的幸福又从何而来？

赞美你的女人。

孩子需要鼓励，女人同样需要。

可惜中国男人实在太不善于鼓励妻子了，往往开口就是贬损，就算想说句好话常常也是反着说，好像夸老婆一句银行卡里的钱就会少个零一样。

但她明明是你千挑万选娶回来的女人啊，她那么差你还娶她，请问你瞎吗，还是你本身也不怎么样？

讽刺、挖苦、奚落、呵斥、无视，都是婚姻的毒药。

而赞美、鼓励是最物美价廉的婚姻保养品，几乎能一本万利地让你老婆幸福感倍增。

你值得拥有，你必须使用。

别羡慕别人家老婆。

第一，没用。

再羡慕也不是你的，对吧。

第二，没必要。

好看的脸多半需要人民币撑着，你恐怕养不起。

好看的手一般不洗碗，你家的碗是你洗还是你妈洗？

比你老婆年轻的可能比她任性，你未必忍得了。

比你老婆有才的可能比她挑剔，估计你驾驭不了。

当然，年轻貌美、多才多艺、赚得多还没脾气的姑娘肯定有，但人家能不能看上你？

婚姻大体上都是公平的，鱼找鱼、虾找虾、乌龟配王八，旗鼓相当才能凑成一对。现在就算能马上让你重新选择，你多半还是只能找你老婆这样的。

所以，羡慕、后悔、瞎琢磨都是自寻烦恼，好好爱自己的老婆才是正经事。

如果你愿意在老婆洗菜时从后面抱抱她，给她讲个好玩的笑话，你会发现，她笑起来是很美的。

总之，老婆可能是你此生最暖的城堡和最稳定的依靠，是给你最多呵护的人，是让你免于孤独的人，是将陪你走到生命终点的人。

善待她，就是善待自己。

扫一扫，听一听

婚姻中，女人最需要具备的品格是什么

文 / 北辰

致所有已婚女士：

我知道你们在婚姻里多有不满，我也知道这多半是男人行事不周造成的。

当然，还有一小半原因，在于你们对男人的极大不了解。

我是男人，也主持了二十二年电台情感热线节目，见过太多男男女女的爱恨情仇，当然，大多是悲剧。

而很多悲剧，本不该发生。

只是有些道理明明特别简单，偏偏太多人不懂。

所以，今天我想认真地告诉你，到底该怎么跟男人过日子。

简单说，有这么六件事。

男人都是傻子。

这么说有点简单粗暴，但大体也差不多如此。

在感情方面，男人比女人的功力弱太多了。最聪明的男人也不过是个中学生，而随便一个女人就是博士水平。

所以你千万别站在女人的角度去推理男人，会跑偏十万八千里的。

比如一起吃饭，他不会知道你说的“随便”标准其实很高，他会真的随便了。

比如他跟朋友出去玩，你沉着脸说“那你开心玩吧”，他会真当你是在祝福他。

比如他忘了你的生日，就算看到你不开心，他也很难知道自己做错了什么，只会觉得你莫名其妙，觉得……唉！其实什么都不会觉得，他大脑一片空白。

所以，请一定深刻理解并认可“性别差异”这件事，否则你和老公可能吵到死也吵不明白。

基于“在感情方面他远远比你傻”这个事实，你要想和他相处愉快，就必须做两件事：

第一，非常直白地说出你的想法。想吃鱼就说想吃鱼，想要礼物就说想要礼物，想周末出去玩就直接邀约。别等他自己悟，这些傻子悟不出来的。

第二，非常明确地告诉他应该怎么做。如果他出差，你要告诉他每天都该打电话，最好再带回来个不贵重的小礼物；如果你不喜欢他不及时回信息，就直接告诉他每一两个小时要看一下手机，发现你的信息要及时回，因为你等着呢。

就这样，直截了当地说出来，再指条明路告诉他怎么做。

虽然这不那么浪漫，但是简单有效，比自己窝在家里生闷气要好太多了。因为太多事情，你不说，他是真不懂；你不教，他是真不会。

记住了，他做的很多蠢事只是因为他傻，跟爱不爱你没半毛钱关系。

真矛盾，无须忍。

再完美的情侣，也难免隔三岔五地吵上一顿。

虽说观念不同不必激动，但真能忍住的不多。

其实我也不赞同忍，不赞成什么“小不忍则乱大谋”，那是鏖战江湖、钩心斗角。在情感世界里，真有矛盾，不要胡乱猜，更不要随便忍，容易忍出抑郁症。

有时候问题在那儿摆着，只要不散伙，就必有一战。那么晚战不如早战，该吵的架得吵。

当然，必须吵出风格、吵出水平。

第一，别胡搅蛮缠，要讲道理。

男人在感情方面虽然粗糙愚钝，但逻辑感一般在线，所以吵架之前请做好深度分析，明确自己的点在哪里，有准备、有条理地去吵。千万别乱七八糟地讲歪理，或者说不清、讲不明、一团乱线头，男人会很崩溃的，后果会很悲催的。

第二，以解决问题为目的，而不是发泄情绪。别大哭大闹、大吼大叫半天，别人根本不知道你想干什么。最后什么问题都没解决，白费半天劲。

坚决不冷战。

你知道我们男人最头疼的事是什么吗？

就是老婆拉着脸，不说话。

我知道你不高兴，但不知道你为啥不高兴。

有时候我也知道你为啥不高兴，但不知道怎么才能让你高兴。

反正我说话你当没听见，我拉你你就甩开我，我一凑近你就走开，特别高冷、特别牛气。

女人可能觉得就得这样，但男人很难明白为啥这样。他们只会有一个感受：烦死了！然后采取一个措施：爱咋咋的吧！

真的，特别、特别烦人，特别、特别伤感情。

所以我拜托你，不管男人犯了多大错误，你要去沟通，沟通不了就吵架，吵一架解决完，该咋过咋过。

千万别闭着嘴不说话，副作用太大。

男人和女人一样，喜欢感受爱人拥抱的温暖和呼吸的甜蜜，不喜欢给一个一直关机的人打电话。

婚姻是两个人的，跟你妈没关系。

前几天我的一个咨询者小月离婚了，这是第二次离婚。

原因还是她妈强行干预他们的生活——

老公加班回来晚了，她让小月去跟踪；

婆婆去住几天，她撺掇小月赶婆婆走；

小月和老公吵架，十次里面有八次都是她挑拨的。

最后小夫妻两个过不下去了，离了婚。

可是他们明明还爱着。这是世上最痛的事，没有之一。

我们爱父母亲人，这很对，但你一定得知道：婚姻是你和老公两个人的，跟你爸妈没关系。

现在妈宝男遍地，乖乖女也不少。说是俩人过日子，其实是一对小夫妻和两对老夫妻六个人在掺和这个家，能消停吗？

一个人，成年了、成家了，就该听自己的，这是最基本也是必须执行的原则。

爱是给对方最好的自己。

人不是只有谈恋爱时才要好看，要保持完美，人一生都要这样。

结婚了，你还是你。

你还要去买化妆品和好看的衣服，去健身房做瑜伽、普拉提，去看公开课、听专业课。

你要把自己经营得貌美如花、清爽宜人、秀外慧中。

没有一个男人愿意审丑，你变着法地活得美，老公的爱才可能一直一直开不败。

魅力是一块能量巨大的磁石，会让别人身不由己地被你吸引。

能保持魅力的女人才有主动权，才不至于沦落到一天到晚委屈、抱怨、泪涟涟。

其实人都有点见风使舵。大部分时候，我愿意为你做一切，前提是你要值得我这么做。

所以最高级的爱，是给对方最好的自己，给对方引力，也给他引领，让他也不自觉地保持状态不敢懈怠。

如果在你的带动下，他也越来越好，那么他一定会越来越不愿离开你。

不爱了，别将就。

最后，我想郑重告诉你，我不赞成爱不在了，还硬着头皮勉强维持。

这就如同一个人死了，你不愿意他离去，放在家里守着，看着糟心的尸体，闻着腐烂的味道……

何必？何必！

人的感受是真实的，快不快乐，你骗得了别人却骗不了自己。

爱没了，婚姻存在的理由也就不在了，再撑下去，仇就来了。

所以，局面好的时候，努力点，尽量让爱把日子填满。

到局面不好了，干脆点，早做打算。

不恨不怨，好聚好散，也是圆满。

扫一扫，听一听

这世界美好，也残酷

文 / 李月亮

女儿：

我回想到一则旧新闻，很让人心惊。

在安徽芜湖闹市区，一辆熊熊燃烧的红色路虎车缓慢前行，还不断响着刺耳的喇叭声。人们灭火后发现，车内有两具被烧焦的尸体，一男一女。

警方通报，女的姓陈，三十岁，跟男的曾是恋人，后来两人感情不和分了手。男友不甘心，一直纠缠她，想要和她和好。被陈某拒绝后，这个男人生出了与她同归于尽的恶念。

他开车撞停了陈某的路虎车，把下车查看的陈某强行推上车，然后点燃身上的汽油，和陈某双双被烧死。

光天化日，朗朗乾坤，一个美好的女孩子，就这么惨烈地被烧死在自己的车里了。

她的家人说，这个男人是个缓刑人员。两人谈恋爱不到一年，分手后，他曾拿着刀去过她家，也曾打得她耳膜穿孔。女孩家人光报警就报了至少四次，没想到，还是发生了这样的惨剧。

看了这则新闻，我立刻想到你，女儿。

事实上，以往每次看到女孩子被侵害的事件，我都会隐隐心惊，想到你这么美好的身体和灵魂，将来要面临着怎样的凶险。

你单纯善良，总觉得世间一切都很美好。

我当然也希望世界真如你想象的那样。

但是，很遗憾地告诉你，不是的。这世间有禽兽、有魔鬼、有失控的罪恶，很多你觉得匪夷所思的事，一直在发生。

所以我必须写这封信给你，请你务必听好，务必把自己保护好。

第一，慢一点恋爱。

那辆燃烧的红色路虎你要记在心里，以做未来恋爱的警戒。

切记，交男朋友要远离三种人：人品恶劣的、思想极端的、情绪常常失控的。

否则，你很难预测你会遇到什么危险。

记得不要通过长相和谈吐来判断一个人，要看行为，看他在受委屈、被冒犯时的表现。

人性不是看一眼就能了解的，所以，永远不要过快投入恋情，以防引狼入室。

恋爱是件长久的事，等等无妨。

第二，永远坚持底线。

也是前几天的新闻，也是令人触目惊心："一批中国女孩在海外排队等待死刑"——

有一批中国女孩，在马来西亚海关被拦下，海关人员调查后发现，她们帮助非洲男友运毒。

而所谓非洲男友，其实都是毒贩。他们花言巧语骗中国女孩做女友，然后让她们去运毒。

这些女孩子一旦被抓到，通常就是被判死刑。而她们还沉浸在爱情的梦里，根本不知道自己将面临的是什么。

她们简直傻得可恨。

你大概会觉得，这等离奇事件跟你完全无关。

错。

非洲毒贩男友可能离你甚远，但寻常诱骗就在你身边。

你可能会遇到有妻室的男人，用柔情攻陷你，让你做“小三”。你要记得坚定地说 no。

热恋中的男友可能顺手教你吸烟、飙车、吸毒、赌博。不管他怎么热情相劝，你都要坚定地说 no。

不熟的男人拉你上床，说 no。

和成熟稳定的男友滚床单，一定使用“小雨衣”。

再怎么情到浓时，裸照和性爱写真都不要拍。

再怎么喜欢的人，让你帮忙做你不能承受后果的事，说 no……

总之，无论何时，你要记得坚持底线，不做愚蠢或疯狂的决定。这会使你避免很多糟糕的局面。

第三，要清楚你力气不够大。

前段时间，轰动一时的白银连环杀人案宣判了。

一个看起来老实稳重的男人，十四年间强奸、杀害十一名女性，最小的受害者年仅八岁。

案犯手段异常残忍，割颈、割胸、割各种器官，让人不忍细述。

他终于被判了死刑，可那些无辜惨死的人，再也回不来。

据说有一个姑娘被害后，她的弟弟患抑郁症自杀，父母随后离婚。本来好好的家，家破人亡。

多可怕。

更可怕的是，那些被害的人并没有过错啊。她们只是正常地上班下班、回家回宿舍啊。

所以女儿，你要知道，人并不是做错了什么才会遭遇不幸，有时你好好地做着自己的事，灾祸就来了。

因为禽兽和魔鬼是不讲道理的。

我们必须全力防备。

这些年，我一直告诉你男女平等，你不比男人逊色。

但你也得知道，有一件事例外——你的力气没有男人大。

这就意味着，当男人要用粗暴强硬的方式欺负你时，你无能为力。

为了保证自己不面临那样可怕的局面，你心里永远要绷着一根弦，保持一份女性必有的警觉：

出行尽量选择白天。晚上出门尽量有人陪。

尽量不和陌生人独处一室，不得已的话，保持警惕。

不要随便乘坐陌生人的车，因为你不知道车里等着你的是什么。

不要和不熟的人一起喝醉酒，失态事小，失控事大。

一个人走路时不要听耳机，否则有危险不易察觉。

走夜路最好别穿高跟鞋，叮叮当当地提醒坏人这里有独行女性，招来了坏人又跑不快。

走夜路手机要攥在手里，最好设置一键摁响警铃，危险时刻能吸引附近的人关注。

万一遭遇坏人，能跑则跑，能叫则叫，能智斗就不打斗，能舍财保平安就立刻给他，不要逞能。

第四，如果坏事情发生了，告诉我。

相比陌生人，更多女生是被熟人侵害的。

台湾女作家林奕含高中时曾被语文老师性侵。

她送作文给他，他就趁机作恶。十几岁的小女孩一向听话，不懂反抗，甚至还对老师说对不起。

他用最美的语言掩饰他的罪，说什么“我们没有做不对的事，你不能责备我的爱，也不能责备你的美”。

而无法顺从也无法接受的小女孩之后便患上了精神疾病，无法完成学业，每周都要去精神科治疗，八九年都走不出阴影。

她把自己噩梦般的经历写进了书里，却不敢也不愿告诉父母。

直到二十六岁，她的书出版两个月后，这个美丽又多才的女孩不堪忍受精神折磨，在自己的卧室上吊自杀。

这个事件曾轰动一时。

其实类似的被老师、亲戚、邻居侵犯的女生并不少见。

这种事很隐蔽，没经历过的女孩总以为不存在，一旦发生在自己身上，就会造成巨大的精神创伤。

我当然希望你永远不知道世间有这样的罪恶。

但自欺欺人并不明智。

所以女儿，我必须教你应对——

熟人做坏事，通常不会走极端。如果他们要侵犯你的身体，或者你本能地觉得“这件事很坏”，一定要在第一时间激烈反抗，用最严厉的态度告诉他们：“不可以！”这可能会使你避免遭殃。

同样，如果有男生对你说下流的话或者做下流的动作，也要严肃表达你的抗拒。如果你不置可否地一味隐忍，就会鼓励他得寸进尺，甚至引得其他男生一起效仿。反之，如果他们都知道你很自重，不是个随便的姑娘，就不会那么随便地对你。

还有，如果受到威胁，比如你有不雅照片在男生手里，记得不要怕，更不要屈服，告诉我，我来分析利弊，帮你处理。

不管是受到威胁，还是被熟人或陌生人侵犯，女儿，一定要第一时间告诉我！千万别害羞或者自责，记住那绝不是你的错，我也绝不会因此看低你。

不管遇到什么坏事情，你只负责告诉我，而我负责保护你。

第五，无论如何，不许放弃自己。

这些年，孩子自杀的新闻太多了。

高考失利会自杀，跟男朋友吵架会自杀，毕业答辩没通过会自杀，甚至被老师批评几句也会自杀。

生命一次次被用来开玩笑。

我知道你没那么脆弱，但依然不敢掉以轻心。因为我深知，外在伤害好躲，自我伤害难防。一个人要自我放弃，是救不回来的。

所以我必须请你牢记：生命大过一切。

我们母女一场，我有两次自私——

未经你允许，就把你带到这世界，是第一次；

要求你不能私自离开这世界，是第二次。

谢谢你愿意做我的孩子。

而我邀请你来，当然是希望你能像参加一场盛大 party 一样，玩得开心尽兴。

我给你这一世生命，有许许多多妙趣，有百转千回的伏笔，你一定要全部体验一番，再无悔无憾地走。

如果你忽然不打招呼就自作主张提前走了，我会难过至极，绝不会原谅你。

扫一扫，听一听

你醒在何时，世界就从何时亮起

文 / 北辰

儿子：

爸爸是爱你的。这一点你知道。

只是中国式的家长总缺乏安全感，因为知道这社会僧多粥少，相当残酷，想获得幸福殊为不易。

我一辈子都在努力变得强大，也殷切希望你能比我更强大。

所以我曾那么强烈地想让你变成我想要的样子，用我的完美主义严格要求你，要你说话大声、做事果断，走路背挺直，见人主动打招呼，不要对谁都掏心掏肺……

我不停地唠叨、叮嘱、修正，责令你改变。

而昨天，当我习惯性地纠正你时，忽然发现你眼里有隐隐的轻慢和对抗。

我知道，父子之间，总有一天要悄悄展开一场两个男人关于话语权的争夺。而我输你赢，是早已写好的结局。

现在你十八岁了，自我意识觉醒，这场较量开始了。

我感觉时间紧迫，想趁着我还处在上风，把最要紧的话讲给你听。说完这些，将来不管我是输人还是输阵，就都不要紧了。

所以，以下几件事，请你认真听好。

第一件事：你可以自由，但不能越界。

你羽翼已丰，即将获得天高任鸟飞的自由。但你一定记得，人活在世，有所为有所不为。

会伤害自己的事，不可为。

会冒犯别人的事，不可为。

会让自己良心不安的事，不可为。

你要守住起码的底线，才有高飞的资格。

第二件事：做任何事，都要从长计议。

人活着，活的不是此时此刻，而是一生一世。

所以不要太急功近利，迫切想要收获。要知道，今天种明天收的都是小孩儿把戏，真正对你人生有价值、有意义的东西，无不需要长久付出和坚持。

太多事，欲速则不达。今后你做人做事，目标必须有，但目的性不能太强。

就像追女孩子，直直地表白往往会把人家吓跑。更好的办法，其实是好好修炼自己，吸引她看到你的光芒，主动走向你。

格局大的人，胜败都不在一时，能笑到最后，能回头无憾，才是我们的终极目标。

第三件事：多想着别人的利益。

人都是自私的，总会下意识地希望自己获益。

这是本性，无可厚非。

但如果只想着自己，难免会失去人心，最后孤立无援，反而对自己不利。

所以，损人利己的事不要做，这是涸泽而渔。跟人交往、合作时，多想想如何让双方同时获益，这是在给自己储蓄。

当你能给别人利益时，别人自然愿意围绕在你身边，日后当你有需要时，才不至于太为难。

第四件事：你可以追逐个性，但要向着阳光生活。

我不主张拼命去做一件事。

你喜欢音乐，但玩音乐的人都作息不规律，据说夜晚灵光乍现，才有创作欲望。

我绝不这么认为，那是管不好自己的人无力的托词。

早晨太阳初升，万物苏醒，难道不能让你耳聪目明？

玩音乐的人爱追逐个性，我不反对标新立异，但你记住，这并不是抽雪茄、泡酒吧甚至吃摇头丸可以带给你的标签，真正的个性在你的音乐风格里，在你的婉转悠扬或粗犷豪放里。

我认识很多玩摇滚的人，他们不长发披肩，不脏辫满头，不酗酒成性，一样干干净净地唱出了青春的呐喊和对世界的呼唤。

同样，玩游戏、说脏话之类的事情，你都要适可而止。

我希望你过健康、干净、向着阳光的生活，这才叫爱自己。

第五件事：你可以善良，但必须先保护好自己。

你应该做好人，最大化地帮助别人，但做好人要有底线，不能被人利用和欺负，被人轻视和蒙骗。

人的层次和素质参差不齐，很多事情是我们难以预测和防范的，你要在善良之前，先学会保护自己。

任何善良，都不应该以伤害自己为前提。否则，我宁可你冷漠。

第六件事：你不能贪婪，但也不能穷。

没有人的欲望能全部被满足，这世界，学会知足和放弃的人幸福感最强。

所以我不希望你沦为金钱的奴隶，只知道无休无止地赚钱。

但是，你也一定不要太穷。

手有余粮，心里才不慌。这是永恒的真理。

你最好能积累足够的财富，那样，就算有突如其来的打击，也不会轻易击倒你。

不要随便向别人开口，祈求别人的恩施和帮助。世上最难说清的就是人情，所以能不欠就不欠。

第七件事：要用欣赏的目光看世界。

这世界，有时特别好，有时特别糟。

如果你总看到满地垃圾，看到那些扔垃圾的丑人，你的心就会很灰暗。

倒不如多抬头看看开花的洋槐，想想亲人温暖的关怀。

真正幸福的人，一定都懂得用欣赏的目光看世界。

你看到什么，心里就会有什么，而心里有什么，就又会看到什么。

反正怎么也得活着，何不尽量多装些美好在心里呢。

就说这么多，感谢你耐心看完。希望你能懂得一大半，能做到一小半。

成长是件艰苦卓绝的事。

希望你在从男孩蜕变成男人的路上，不掉落羽毛，不被中伤和折损。

我养你到这么大，说过那么多废话，其实归根到底，就是盼你这一生少些艰辛，多点幸福。

扫一扫，听一听

读书，是通往世间美好的门票

文 / 李月亮

孩子：

开学了，你心情沉痛，抵触情绪严重。

昨晚我催你写作业，你有点烦，说：“干吗要逼我，你知道读书多痛苦吗？”

我当然知道，孩子。

但我哪怕不逼你吃饭，也得逼你读书，再痛苦也没商量。

我活到四十岁，很多二十岁时的观念都被彻底颠覆了，但“一定要好好读书”这件事，我大概会坚持到死。

前几天我和朋友们玩笑式地算过一笔账：一个孩子从小学到本科

毕业，一共要十六年。如果这十六年不读书花钱，而是出去赚钱，那么至少相差五十万。

可是几乎所有家长宁可放弃这五十万，也要强制孩子苦哈哈地去上学。

我们又不傻，为啥非得干这种劳民伤财又不讨好的事呢？

那是因为，读书，是回报最高的投入，是世上最光明、最好走的路。

你必须和我一样坚信：读书有用。

第一，读书能学知识。

这是开学第一天老师告诉你的，也是现在你能脱口而出的标准答案。

但我想，你其实并不知道知识的真正用处——除了在试卷上博高分。

那我告诉你，现在你眼里的死知识，将来都会活过来。

你学到的“旋转”这个词，将来出现在洗衣机说明书上时，你就能懂。如果说明书上所有的字你都懂，你就能顺利学会使用洗衣机，而不是像隔壁目不识丁的奶奶一样，要女儿教一星期才勉强会用手机拨电话，想用电饭锅还要打电话给厂家，扯着嗓子问了四十分钟也没搞明白，到最后自己和客服双双崩溃。

语文课上认的那些字，除了能帮你看懂说明书，还能让你恰到好处地表达自己的思想，比如将来向老板做汇报、给恋人写情书。

数学课上那些公式，能让你在买房子的时候迅速算出首付、税费，是贷款还是全款更合适。

地理课上学到的常识，能让你知道哪里的鱼最好吃、哪里的咖啡最好喝。

美术课上学的审美，让你知道穿衣服紫配黄会很丑，粉配金是大忌……

知识就是你活在这世界的工具，如果你的工具仓库应有尽有，你一定能活得得心应手——远行你有飞机，渡河你有轮船，去郊区你有越野车……

而如果知识匮乏，你就等于连破木船都没有，三米宽的河就能挡住你，百里之外的地方可能你一辈子都去不了。

我不敢说你现在学的所有知识都有用，但相当大的一部分会让你受益终生。

到最后，你可能会忘了“百分比”这个词是语文还是数学老师教的，但你会无数次用到它，甚至离不开它。

第二，读书多的人赚钱多。

很多人喜欢哗众取宠唱反调。你说读书好，他就会煞有介事地告诉你哪个硕士生在给小学毕业的老板打工，或者，某老太太卖烧饼赚出三套房，而谁家儿子博士生毕业还在租房住。

这种事情存在吗？当然有，但这是特例。

拿特例去推导常理，一点都不科学。就像有人吃饭被噎死了，你可以因此劝大家不要吃饭以防被噎死吗？

我们必须正视这样的事实：靠卖烧饼赚三套房的人凤毛麟角，更多坐拥三套房甚至十三套房的，是高学历的人。

口说无凭，我特意去查了统计数据：

硕士学历以上的家庭比高中学历家庭成为富豪的比例要高三十倍。

博士学历的人比高中学历的人平均收入高六倍。

也就是说，如果你高中毕业，月入四千元，那么你读到博士的同学大概月薪为两万四千元。

我不是庸俗的人，但必须认真告诉你：对我们平常人来说，钱真的很重要。

钱不一定是幸福之源，但没钱很可能是痛苦之源。

现在你花我的钱，可能没感觉，将来你长大成人不再依附于我时，就会知道钱是生活里多么重大的事项，万一钱非常不够花时，会有多惨——

你可能会为了省一块钱走三站地。

你可能会不敢赴同学的饭局，因为下次回请不起。

你可能会因为交不起房租，不知道明天住哪里。

还有，将来你结了婚，就算对方是你最爱的那个人，你们也必将面临层出不穷的矛盾。

贫穷会严重加剧矛盾，有钱则会好很多。

如果没钱，你们可能会为对方买两斤新鲜樱桃吵翻天，为亲戚来了洗澡浪费水而怄气一周，但有钱谁会在乎这些?

没钱时你们可能会为谁带宝宝而闹得快要离婚，有钱的话你们请个二十四小时保姆就 OK 了。

类似的事情不胜枚举。

总之，人世艰难，这一生你会遭遇很多困境，会常常力不从心，会不时感到孤独，但有钱就会好很多。

当然，你不用非得赚大钱，我只希望，你能尽力让自己过得好一点，不要那么窘迫。

第三，读书能让你活得通透而精彩。

高中毕业和博士毕业的差别，不只是前者月入四千而后者月入两万四。

比这重要十倍的是，这两种人，过的是不一样的人生。

拿脚指头想想也知道，卖烧饼买了三套房的大妈，精神世界会比租房子的博士丰盛吗?

上次我们去听一个教育专家的讲座，回来后你赞叹不已，说那专家好优雅、好睿智。

你一定也能想到，这种优雅睿智背后，是“博学”在支撑着，是脑子里的学问，让她想得通也讲得出许多特别有道理的话，让她看起来那么迷人。

一个人如果愚昧粗俗、出口成“脏”，就算颜值高，你也不会喜欢她吧?

而博学不是一天成就的，需要付出很多苦功夫，才能一分一毫地达成。

这个过程很煎熬，一来是很辛苦，二来是短期不见成效，很多人因此放弃了。

就像你现在学啊、学啊，但并不清楚学这些有什么用，所以烦躁、气馁，找不到学习的意义。

你不用非得搞清楚，你只要知道，你认的每个字、学的每个数学符号都有用，这就行了。有无数前人替你探过路了，沿着这条路走下去，就是一片灯火辉煌。

我去年回老家，约了保洁到姥姥家打扫卫生，没想到来人居然是我的初中同学，当年和我关系还不错。

我们认出彼此后，气氛非常尴尬。

为了避免出现她擦地板我看电视的可怕场景，我陪着她一边干活一边聊天。

她初中毕业后就给人打工，这些年卖过冷饮、送过快递、做过饭店酒店熟食店的服务员。

她伸着粗糙的双手跟我比，说：你看看，当年都在一个教室里听课，写一样的作业，现在差距怎么这么大。

她对我的生活充满好奇，问我有没有出过国、怎么用电脑赚钱、坐飞机会不会晕机……

我一再说我也是无比普通的小市民，但在她眼里，我是极其高大上的。

我后来想，她眼里闪烁的羡慕，不是因为我多高，而是因为她太低。

我觉得自己本科毕业平平无奇，她却觉得大学特别神秘。

我觉得出国像去超市一样容易，她却觉得那像飞离地球一样离奇。

她一直后悔小时候没好好学习，甚至能说出最后悔的是哪个学期——小学三年级下学期，因为换了不喜欢的老师，她常逃课，逃着逃着就跟不上了，越跟不上越不喜欢学，勉强熬到初中毕业，哪儿也没考上，只好回家。

可能很多读书少的人都是这样——少时无知，不懂学习的重要，整天以蒙混过关为乐。后来大了，知道自己傻了，也晚了，人生已经被狭促定格，这世上很多别人可以随意穿行的美好的门，他都够不着也打不开了。

他看不懂最庸俗的美剧，也欣赏不了名画的妙趣；

他对乔布斯的苹果、三毛的撒哈拉、梅兰芳的《贵妃醉酒》闻所未闻；

他不懂什么叫情商，不能体谅别人，不会好好说话；

他不懂教育，要么把孩子打哭，要么被孩子气哭；

他在鸡毛蒜皮、鸡飞狗跳里，耗尽宝贵的一生。

孩子，我特别怕你也活成那样。

平凡不怕，我怕你无知。

辛苦不怕，我怕你无能。

独特不怕，我怕你无趣。

失败不怕，我怕你无望。

而不让这些害怕成真的唯一途径，就是好好读书。

知识和书籍是人类最昂贵的宝藏，那是世上无数最牛大脑倾尽才华攒下的精华所在，而你此刻就站在这宝藏中间，只要你肯付出辛苦，就能将其据为己有。

你如果够聪明，就一定知道这笔买卖太划算，就算千辛万苦，也该把这里的宝贝尽量多地藏在自己身上，骄傲地带走。

这些宝贝会无数倍地提升你的价值。

没有它们，你的价值可能就是一双手和一身蛮力。

有了它们，你就拥有了千军万马的能量，无数牛人在背后悄悄托着你。

未来某日，你干一天活能得到别人干一个月的钱，能赢得别人一辈子赢不来的尊重，能真真正正让这世界变得更好……你就会发现，你拿到了通往世间所有美好的门票，你曾为读书付出的所有辛苦，都得到了巨额回报。

亲爱的，多多加油吧！虽然现在很累，但将来朵朵花开，一定会很美。

扫一扫，听一听

即使我们再普通，也要努力活成一束光

文 / 北辰

妈妈：

我明天结婚，现在有点担心，所以写这封信给你。

这些年，我交过很多女朋友，你都觉得配不上我，包括现在这一个。

如果不是我三十五岁了，又执意坚持，她也许早就被你扫地出门了。

你们以后能相处愉快吗？我心里真没底。

从我懂事起，你就抱着我在亲戚邻居面前各种炫耀。

三岁时你夸我跑得快，五岁时夸我鬼机灵，七岁时夸我个子高。

对方是真心赞赏还是礼貌迎合在你眼里根本不重要，你只是骄傲地向世界宣布一个你认定的事实：看啊，我生的儿子多么好！

然后美美地享受你精心的杰作——我。

还记得有一次我们参加亲子活动，我和一个小朋友争一个玩具小鸭子，争得撕心裂肺。

老师说，你们通过努力赢得这个玩具好不好？

那个小朋友顺畅答应，而我坚决不从，理由是：必须给我玩，因为我是世界上最好看的宝宝！

全场哄堂大笑。

当时我回头看你，你用自豪的目光支持我——妈，三十年了，我至今想起那一幕依然觉得好尴尬，你当时没觉得吗？你为什么那么天经地义、气宇轩昂地认为我就是最好的？

妈，非常感谢你那么爱我。

但是，你知道吗，由于你的误判，我花了太长时间才知道我是谁、有几斤几两。

从自认天下第一到承认我只是个普通人，这期间内心的失落感和挫败感，我该怎么跟你说呢？

还有一次，你带我去邻居家串门，我固执地叫女主人姐姐，叫男主人爷爷——那对夫妻，男的确实比女的大十几岁。

我的称呼一度让气氛混乱而诡异，他们僵硬地笑着说：这孩子真可爱。

而你没有阻止我，也没有纠正我，甚至真的觉得我可爱。

因为你的一句“可爱”，我就那样叫了他们好几年。

现在想来，真不知我的愚蠢有没有给人家的婚姻生活带来阴影……

还有，你让我学画画，我并不喜欢。但你总不容置疑地说：“我儿子是最听话的。”为了这个赞誉，我每次都是偷小朋友的画带回去给你看。

其实，我画得很差，差得一塌糊涂。

其实，我逃课去网吧，我把老师气哭，我抄别人的作业……这些你嘴里常常批判的别人家孩子的坏，我都有。

所以，妈，我真的不是你眼中那个最可爱、最优秀的小孩。

我只是在你的强势诱导下，努力营造了一个假象骗了你。

上学后，我从没拿过第一名，你的焦虑溢于言表。

我懂你的心情：我的孩子明明是最好的，成绩怎么可能那么一般?

刚开始你觉得是老师的问题，拼命抱怨语文老师邋遢、数学老师迟钝，隐隐怀疑他们对我有偏见。

后来换了几轮老师，我的成绩始终平平无奇。

你不得不把矛头指向我，不断指责我不够努力，不会讨好老师，学习抓不住重点。

班里五十个同学，哪怕只有一个去补习班、做课外题，你也会觉得天要塌了，心急火燎地命令我跟上。

偏偏，我就是不争气。

我越长大，越像个笑话。

那个曾经被你夸得至高无上、拥有无数世界之最的小孩，最后成绩平平、情商一般、颜值中等，普通得不能再普通。

我上了一所职业技术学院，说白了就是蓝翔技校的升级版。

我做了小公司的小职员，收入当然也很有限。

这些都是对你的羞辱。

我俨然成了你的心病，你甚至不敢出门，怕碰到同事，怕他们向你炫耀自己在国外留学的儿子或者做公务员的女儿，更怕人家顺便问一句："你儿子在做什么？"

妈，有十年了吧？我们的关系特别紧张。

你懊恼于我的平庸。

跟小时候完全相反，你现在看我干什么都不顺眼——

我洗脸的姿势不对，我衬衫的颜色不对，我交的朋友不对。

我给领导打电话，你站在旁边焦灼地听，我一挂电话，你立刻指责我哪句话说得不对，哪个语气不到位。

我在你的挑剔里感到极度不适，并迅速从自信爆棚萎缩成极度自卑。

而你分裂成了两个你，一个觉得我棒极了，一个认为我弱爆了。

我们每天都发生剧烈冲突，我和我打架，你和你打架，我和你也打架。

一场混战。

至今，你不明白我为什么不能按照你的理想去生活、成长。

我也不明白你为什么不能接受我的平庸，要么把我捧上天，要么把我踩在地上。

妈，我又何尝不想成为人中龙凤，又何尝没有竭尽全力地拼命过？可是人毕竟是有天资限制的，我再努力打篮球，能赶上姚明吗？

如果一个平凡人至死不接受自己的平凡，这难道不是一场悲剧？

妈，你一定知道，这世上大部分人都是平凡人。那么现在，请你接受一个现实——你儿子我，就是这大部分人里的一员。

抱歉，我没有成长为你理想中那个出类拔萃、傲视群雄的“大牛”，我每天挤公交、换地铁，吃三块钱的早餐，经常加班到深夜，偶尔因为失恋而痛哭。

但是，在公交上戴着耳机听自己喜欢的歌，我觉得很美好。

和同事一起完成一个巨艰难的项目后，欢呼雀跃，大笑拥抱，我觉得很美好。

我活得有血有肉、有泪有笑，疲惫但踏实，不容易但有小欣喜。

妈，这样不好吗？我没活成你想要的样子，却是自己本该成为的样子。

对了，说回正题。

我很开心遇到了现在的未婚妻。

她不好看，也不高挑，不伶俐也不浮夸。

但是她爱笑、知足、勤奋、善良。

我们都会因为赶上了末班车而庆幸不已，会因为看一场九块九的特价电影特别开心，也都愿意陪丢了狗狗的老人满小区跑着找狗。

你说她有好多好多缺点，配不上我。

我只能同意前半句。

她确实有很多缺点，但也正因如此，她才和一身缺点的我相得益彰，互相欣赏。

世上这么多人，不可能人人都是第一名，但小人物也有小人物的欢愉啊。

我们会尽最大努力去幸福的，你放心。

我也希望这样的我，一样能成为你眼中的骄傲。

以后，我要是有了自己的小孩，我想我一定会尊重事实，正视他的优点和缺点，绝不强行给他贴标签，更不会强行把我达不成的人生转嫁给他。

我会允许他做一个普通人。即使再普通，也要努力活成一束光。

扫一扫，听一听

回家过年，成了爸妈见你的唯一理由

文 / 李月亮

女儿：

上午你打电话来，说已买好春节回家的票，还多请了三天假。

我顿时心情大好，好像一下子有一万束阳光涌进房间里，照得我周身又暖又亮。

你要回来啦，这可真好。

其实自从进了腊月，我和你爸就开始积极准备迎接你了。

我们备了三大箱你爱吃的腊肉、奶酪、杏仁饼，也给你的房间换了粉格子的新床单。

我特意学了啤酒鸡翅的新做法。

你爸昨天又一次试了家里的电脑，好用。

现在万事俱备，只等你乘风而归。

至少有十年了吧，你在外面奔波，我和你爸数着日子在家等你。

回家过年，成了我们见你的唯一理由。

想想也是感慨。

咱们这个家，起初是我和你爸两个人，后来有了你，变成三口之家。

咱们仨朝朝夕夕热热闹闹了快二十年，你上了大学，家里又变回我们两个。

只是以前是小两口，现在成了老两口。

虽然我们早有思想准备，但起初也真是不习惯。

呼啦一下，我就不用做你的饭洗你的碗了，餐桌旁边少了你，好像少了很多人。你的卧室整天都是空的，被子上星期什么样，今天还什么样。我有时候进去走一圈，就忍不住红了眼圈。

你刚走时，我总不自觉地陷入回忆，像过电影一样，想起这些年你在身边的日子。

你刚出生时，躺在医院的小婴儿床上，小拳头没一个汤圆大。我小心翼翼地抱起你，心想这个小东西我可得保护好，世界上没有比她更珍贵的了，我们要一起过一辈子呢。

随后的好几年，你都睡在我身边，每次看到你熟睡的小脸，我心里都特别美，会很傻地想，这是我女儿呀，她怎么那么可爱呀。

你上高中时已经和我一样高，衣服、鞋子的尺码也和我一样。有一次你穿着我的连衣裙去超市，我远远看着你，忽然想：“天哪，那不是另一个我吗？”

然后我就生出一种奇妙的感觉——这世上有另一个我，我们彼此疼爱、彼此懂得、彼此陪伴，有她在，我此生都不孤独。

你可能不知道，那一刻我是多么庆幸和得意——我有你。

后来你去读大学，离家千里，一走数月。

我心里忽然就空出一大块，日子过得很飘又很沉，有一种说不出的滋味。

我不习惯身边没有你，也担心你照顾不好自己。当然，我也为你能离开我独自闯荡而骄傲。

你总要飞向你的天空的，我知道。

时间就这么一年一年过去，你从大一到研一，从入职到升职。你越来越忙，电话越来越少，回家的日子也越来越短，我也越来越……不熟悉你。

有时看你发来的新照片，我会有点唏嘘。

你穿着我不熟悉的衣服，剪了我不熟悉的发型，做着我不了解的事，身边全是我不认识的人。

过去你的衣食住行都是我一手包办，每双袜子、每条内裤都是我买，现在你的大部分衣服我都从没见过。你买了，穿了，过时了，扔掉了，而我完全不知道它们存在过。

想必你世界里的另一些事，也是一样吧。

你爱过谁，又被谁爱过，一场场青春里惊天动地、缘起缘灭的故事，我完全不知道。

你被老板责骂，被同事欺压，每天发生的职场攻心计，我所知道的，也是凤毛麟角。

而那些你跟男朋友吵架深夜痛哭的时刻，那些你加班到凌晨累成一摊泥的时刻，我帮不上你半点忙。

我这个千里之外的妈妈，只能估量着你不太忙的时候，给你打个电话，提醒你好好吃饭不要熬夜天冷加衣。

我是越来越没用了。

但是女儿，请你记得，不管妈妈多老、多没用，爱你的心这辈子都是不会变的。任何时候，只要你需要，只要我可以，妈妈必将义不容辞，竭尽全力。

前几天我和楼下的宋阿姨聊天，她有两个孩子，都优秀又孝顺，只是儿子在美国，女儿在新西兰，太远，又没有假期，所以都不能回来过年。

宋阿姨的老伴过世早，这是她第四次一个人过新年了。

一向乐观开朗的老太太，那天眼角泛起了泪花，低头感叹自己“成了老孤雁”。

你知道老孤雁吧——老迈的大雁跟不上队伍，落了单，独自哀鸣着，艰难地向南飞。

这是每一个老人都最怕直面的悲凉景象。

只是，谁也无法确定自己最终会不会沦为离群哀鸣的那一个。

我现在还有你爸爸，有一群老姐妹，一切尚好。但是再过二三十年，我到了八九十岁，也很难说是何光景。

我和你爸爸讨论过，到时候我们可能要尽量住得离你近一点，也可能去你所在城市的养老院。反正现在要多攒点钱，以便老迈时可以找人照顾，尽量不拖累你。

你只要常来看看我们就好，没时间的话，常打电话也行。

那天宋阿姨说她有点想不通，费那么大劲养大的孩子，现在两年也见不了一面，自己住院他们都不在身边，真不知道生养他们有什么用。

其实我这两年也不时会思考“为什么要生儿育女”这个带有哲学范儿的命题。

我们创造一个生命，十月怀胎，辛苦养大，又双手送他飞走，眼睁睁看他越飞越远，意义在哪里？

我们投入了巨大的爱和心血，到底想要什么回报，难道只是为了在七老八十的时候有一份牵挂和念想？

那个曾经分分秒秒都在身边的娃娃，现在一年三百六十五天只给我五天，我到底该安心接受还是心有不甘？

这些问题都没有标准答案。

我能确定的是，我养你，绝不是为了你的等值回报，因为我为你付出的过程本身就无比美好。你给了我任何人都给不了的幸福体验，你让我的生命丰盛饱满，这就足以抵消我为你做过的一切。

所以，我对你几乎没有要求，不需要你光宗耀祖，更不需要你承载我的理想。

你只要用你的方式幸福就好，结不结婚、生不生子、做什么工作、过什么日子，你自己全权决定。

我只希望能离你近一点，能常常看到你。

如果还可以有一点奢望的话，我希望你爱我。

不管未来如何变化，只要这世界有你，只要你心里有我，我就知足，就不孤独。

哦，一不留神说了太多。

你爸喊我吃晚饭了。我知道他现在一定满脑子都是你，待会儿我们的话题也一定都是你。

我们会热烈探讨你会在几点到家，回来的第一顿饭吃什么，年三十儿的饺子该包什么馅儿，我们要哪天去公园看灯会，以及你走时该带上些什么……

呃……最后这个话题有点伤感，咱先不提。

我们现在就开开心心地等你回来，假装你不会再离开。

心心念念一年，才盼来匆匆忙忙几天，我们要争分夺秒拥抱这团圆。

亲爱的女儿，你准备好了吗?

等你回家。

扫一扫，听一听

过年，我想家但不想回家

文 / 北辰

爸妈：

今天同事给我看了他和老妈的微信聊天，我想给你们瞅瞅。

妈妈：儿子，票买到没？

儿子：老谢太太，那个，我压根没买票……

妈妈：咋了，加班？

儿子：不是，今年放假多，领导照顾我，给我十天假！

妈妈：那你为啥不回家，你说说我听听，咱家挂杀人刀了？！死崽子。

儿子：不回，不回，就不回，谁让回家你就逼着我相亲了！

妈妈：你这孩子好歹不知，是不是虎？你不想找媳妇儿啊？你爸十八岁就跟我屁股后转，打都打不走，你咋不着急呢？妈给你找个心理医生吧。

以下省略老太太的一万多字。

我看完后，发给他一个字：唉……

他也回了我一个字：唉……

其实我俩的心情是一样的，但是我有两点比他强：

一是我乖乖买了票，准备回家。因为我想你们，也知道你们想我。

二是在回家之前，我还鼓起勇气，写这封信给你们，老老实实交代我的想法，做最后的挣扎。

这封信，也是我这个一直笑嘻嘻的儿子，第一次和你们约法三章。

第一，请尊重我的感受。

去年回家，我刚放下行李，屁股还没坐热乎，老爸的一个住我们小区的战友就来了，于是我爸像展示一件精工雕琢的物品一样，让我站着给叔叔看看，一顿关于身高、长相、气质甚至肌肉的赞美之后，我终于被允许坐下了。

可是我如坐针毡，老爸滔滔不绝地介绍着我是什么大学毕业的，取得过什么成绩，甚至连做过什么活动、拉过什么赞助都如数家珍。

开始我以为，这是又要给我相亲？可他们家明明没有女儿。

恍惚间我又觉得像是求职面试，可是我也没这个需要啊。

其实，老爸只是单纯地炫耀。

后来老爸告诉我，他战友的儿子去年考上了研究生，又交了个条件不错的女朋友，满小区都知道，就差贴告示了。老爸想要让战友知道他儿子有多优秀。

爸啊，你知道吗，这一幕让我想起了小时候：只要家里一来人，你就让我背唐诗、唱儿歌，这种例行公事的仪式，活脱脱成了我童年时代的噩梦，只要来人，我就要下意识地紧张、反感，想着今天要唱什么歌、背哪首诗。

事实上，我和你战友的儿子都只是平凡的孩子，我们没有什么值得炫耀的。

这么多年，你们一直要求我活成你们想要的样子，我也一直规规矩矩地为此努力，可是这让我特别不快乐。

你们可能从未意识到，你们总觉得，让你们快乐的事情，就一定会让我快乐。

其实，那怎么可能。

所以,从现在起,我要照着自己的意愿做事了,还请你们多多尊重。

我铺垫那么多，是为了汇报一个会让你们痛心的消息：年前我辞职了。因为你们给我选择的行业，我并不喜欢。我要按照自己的想法，去更适合我的地方。

我配合了你们二十八年，现在要自己当家做主了，以后可能还要“叛逆”下去。

还望你们谅解。

第二，你们老了，要学会让自己幸福。

你们老了。

我妈经常忘事情，拿着剪刀找剪刀；我爸看报纸的姿势特别像门卫李大爷。

去年给你们买了去三亚旅游的机票，你们偷摸地给退了。

给我妈买的手表，她非要我去送给女领导。

给你们买的即食海参，舍不得吃都过期了。

刚说完的话又说一遍，自己都不知道……

所有这些，让我常常想起来就心酸。

我多希望你们放下对我的关注，尽量多地去爱自己。

或者爸爸去好好爱妈妈，妈妈去好好爱爸爸。

这么多年，你们都放弃了爱彼此、看见彼此，忘了幸福和享受，把所有爱给了我。

你们特别亏，而我特别累。

何必呢？

希望今年回家，我能听到你们跟儿子提点要求：你们想吃什么，想要什么，想去哪里玩，想过怎样的日子。

而不是不停地问我。

还有，我给你们的钱，不是让你们存银行吃利息的。

咱能不能大气点，都拿出来买排骨、名牌鞋、羊绒大衣、最好的水果，别整天穿着十八块钱的地摊货对付着过日子了！

老实说，我用钱的地方比你们多，要理财我也做得比你们好得多，那么我拿出钱来让你们存着，有什么意义？

我说过不知多少次，钱存银行会贬值，但你们吃了、喝了、穿了、玩了，我就觉得特别值。

所以，听话，去花钱吧。

第三，我长大了，恋爱婚姻事业交友，千万别再管了。

当然，我今天最想说的是，我长大了，大到自己知冷知热，知道穿衣吃饭，知道努力生存，知道未雨绸缪。我知道自己要什么、怎么要、向谁要。

我快三十岁了，肢体上五大三粗、喉结凸起；心理上，我想断奶，也必须断奶了。

可是你们执意不许。

你们不放手、不放心、不放松，一边切切地爱着我，一边死死地管着我。

这常常让我觉得喘不过气。

小时候的幸福，现在一点点都变成了恐慌——我该长成什么样子，才不会让你们失望，才可以一辈子成为你们的骄傲。

我无以为报，只能听你们的话。

我硬着头皮，去了三次你们安排的相亲现场，那简直就是车祸现场啊！

第一次，是我妈同事的女儿，你们说得给面子。看照片，那完全就是我妈喜欢的儿媳妇标准：浓眉大眼，银盘大脸。我真的无感啊，可我还是去了。万一呢！现在女孩子的照片和本人差距都很大，没准儿对方是个不会拍照的女孩子。

可是，见面后我知道我错了，原来她是一个极其会拍照的人——你们懂的！

第二次，是我爸同事的儿子——不，仔细看知道是女儿。见面后，我发现那简直就是我哥们儿，开口就是国骂，头发比我的还短，身上还有淡淡的烟味儿。

第三次，这第三次啊，还别说，我挺喜欢对方。可是，我们才确定关系，你们就恨不得直接把人家接到家里住，恨不得我们三天内登记结婚、造人成功，还偷偷找女孩子长谈了一次。人家女孩子怕了，说：“你妈好强势，管你太多了，我不想嫁个妈宝男……”

事业上，更是如此。你们偷偷给我领导打电话，嘱咐人家我的喜好、性格，并让人家关照。

妈呀，这不是幼儿园时你告诉老师我爱尿裤子，让她多费心看着点提醒着我上厕所的时候了。

你让领导怎么看我？

你让我情何以堪？

爸妈，我长大了，恋爱、婚姻、事业、交友，你们都别管了！

这一条，是我的底线。

职业的选择，你们没有我清楚自己——我的爱好和兴趣、我的志向和取舍。

爱情的标准，我们的审美、眼光、对爱的理解都不同，你们操多大心也没用。

朋友的去留，我也有我的标准，不是从小的光腚娃娃就能一起走到最后的。

爸妈，我一向听你们的话，所以我们一向相亲相爱。

但是如果想继续相爱下去，你们就得听我一回了。

这封信是我斗胆熬的一碗麻辣味“鸡汤”，我们一起干了吧。

然后，我开心回家，我们愉快过年。

此后，我负责我们三个的幸福，你们负责你们两个的人生，可好?

扫一扫，听一听

我更希望你幸福，而不只是给公司卖命

文 / 李月亮

小Z：

昨晚九点，我临时去单位，看到你还在加班。

你蓬头垢面，满眼血丝，一脸苦相。

那苦相戳到了我，让我心里既惊且沉，说不出地难受。

作为老板，一定程度上是我决定着你的工作状态。那么肯定是因为我做错了或忽略了什么，才会使你在晚上九点蓬头垢面地吃着泡面加着班。

我心酸并自责，还有恐慌——

如果工作如此辛苦，你会喜欢吗？

如果不喜欢工作，你会喜欢公司和老板吗?

如果你代表着公司的大多数人，这个公司会好吗? 我会好吗?

细思恐极。

我想了一晚上，决定告诉你：我更希望你幸福，而不只是给公司卖命。

这个道理，其实是我前老板告诉我的。

那时我是个意气风发的部门经理，视业绩如命，不但自己每天忙到死，还要求部门七个人都拼上老命，每天至少工作十几个小时，几乎没有周末，请假要罚重金。我就是要他们忙到没有性生活，拿出所有精力去冲最好业绩。

当然，我知道大家很苦很累很有怨气，但是管他呢！那时候我认为工作就该如此，并深信在拿到一大笔年终奖时，所有人都会感谢我。

可事实上，我们并没有拼出很好的业绩，而且在拿到并不丰厚的年终奖后，部门的七个人里有四个离职，并在走前集体到老总那里告了我一大状。

那是我职业生涯中最大的滑铁卢。

老总后来跟我说：君视臣如草芥，臣视君如寇仇。你给别人的若是痛苦，人家怎么可能真心给你卖命?

言犹在耳，我不敢忘。

后来我有了这家公司，也更加清晰地知道，老板和员工根本不是地主和长工的关系。

文艺点说，是我开疆辟土，你们种花种树，我们一起建一座美丽花园。

残酷点说，是我给你粮、给你枪、给你方向，我们一起冲上战场，杀敌打仗。

这战场的残酷，完全超出你的想象。看似每一天都平平常常，实则每一步都是生死存亡。

你可能无法想象，看起来神清气爽、运筹帷幄的我，每天要面对多少啃不动的骨头和搬不动的石头，心里又翻滚着多少懊恼和恐慌、压力和迷茫。

“人前男子汉，人后汉子难”，说的就是我了。

所以，其实我才是这个公司最虚弱、最需要支援的人。

只有你们使出浑身解数，在各自的地盘上抡圆了胳膊为我助力，才会有我的海阔天空。

当然，我的海阔天空，也会成就你们美丽的梦。

我们是绝对的利益共同体，最好的结果就是彼此成就。

而曾经的滑铁卢让我知道，快乐的员工才有主动性和创造力，才能做出出色的成绩。

所以，我特别不希望看到你晚上九点还在苦哈哈地加班。

不希望你二十四小时为公司卖命而没了生活；

不希望你结婚好几年还租着四十平方米的老房子；

不希望你上幼儿园的孩子没人接送；

不希望你带病坚持工作；

不希望你带着委屈、失望、不满、愤懑工作；

不希望你对领导点头哈腰、违心奉承，活得没有一点尊严；

不希望你只是麻木地服从安排和重复动作，身体疲惫、内心厌倦……

因为工作是一件包含智慧、才华、动力、激情、火花的事，我无法想象，一个不幸福的员工，会带来什么优质贡献。

所以，我由衷地希望你热爱这份工作，对收入满意，人际关系没有负担，认同公司的大小政策。

希望你每天迈进这间办公室时，都心怀动力和激情，你坐在这里的大部分时间，都精神饱满、身心舒畅。

为了达成这个希望，我一直谨记，你是一个生动的人，而非我的赚钱工具。

所以我不需要你每天早出晚归、忙碌不堪。如果你下班就回家，但工作都能高质量完成，我会非常开心。

我尽量清除一切形式主义，避免三请示五汇报、今天做计划明天做总结，无意义地消耗你的宝贵精力。

我尽量不拒绝你的请假要求，不在非工作时间打扰你，不制定苛刻的条条框框……除了业务，公司的一切环境都尽量宽松。

每个员工的生日，我都手写贺卡；逢年过节，公司要么给福利要么给假期；如果你或家人有需要，公司愿意尽力帮忙……我希望你在公司的每一天，都感觉温暖。

有时开会，我会讲些貌似没用的话，比如科技发展现状或者我的读书心得。我看到你常常昏昏欲睡，或者用笔记本挡住手机聊微信。你可能觉得我“话痨”，其实我是希望把有价值的信息告诉你，让你成长、受益。你受益，我自然也受益。

当然，最重要的是，我会给你足够高的薪水，让你的一切付出都得到应有回报。

希望所有这些，能让你有价值感、尊严感、认同感，以及深切的幸福感。

希望这幸福感，能让你满怀热爱，释放出最大的能量，为公司、为我，更为了你，创造最大价值。

我知道，做员工的永远觉得别人家的老板更体贴、更大方、更有人情味儿。

其实老板也总是羡慕别人家的员工那么能干、那么强悍、那么主动周全。

临渊羡鱼，不如退而结网。

我会努力当个“别人家的老板”，也愿你好得像“别人家的员工”。

然后，我们一起被幸福砸晕。

扫一扫，听一听

比老公不爱你更可怕的是，这个人不喜欢你

文 / 北辰

我的员工：

对，我是你老板。

上次例会我布置了年度考核，你们知道的，按惯例，我要重奖一部分人，也会有几个人出局。

后者听起来很残酷。

于是你们在暗自揣摩：谁是老板不喜欢的？谁会被淘汰？

答案其实并不神秘，今天我想公开我不喜欢的员工画像，请自行对照，像不像你。

不关心自己干了多少，只关心别人错了多少。

作为老板，我当然愿意每天只听业务汇报。要知道，我们都有生存压力，只是你们考虑自己的腰包和全家人的吃喝，我要考虑的是你们的腰包和全公司人以及家属的吃喝。

虽然我特别不愿意面对互相指责和飞短流长，但是汇报思想是难免的，硬着头皮我也要听，要处理，要解决。因为我知道，一个团结的集体，才是有希望的集体。

有那么一种人，经常往我的办公室钻，说的永远不是自己的工作和想法，而是以抓别人的失误和不足为乐趣，说什么保洁阿姨没及时更换厕纸、销售的小张根本不是那块料、策划部的案子简直是一坨屎……

我每次都听得头大。

如果不是你们部门的员工，出于同事之情，你若关注，应该去提醒和支持，去解决问题；如果是你部门的员工，你有责任和义务去协调解决，而不是说风凉话，以看热闹的心态，一脸不屑地给我提出问题，当问你的意见时，你却一头雾水。

要知道，老板有老板要考虑的事，我不希望听到的只是抱怨和无尽的负能量。

自己的工作拖沓、堆积成山、不求上进，却拼命盯着别人的问题，这是我非常反感的。

其实任何一个老板都明白，按照概率来说，做得越多，错得越多。你什么都不干，当然没失误。

永远在给老板制造问题，没有解决方案。

有的员工勤于汇报，沟通习惯不错，随时让老板知道他在做什么，生怕自己的任何一点努力老板看不到，在没有完成工作前不停地说苦畏难，变着法子地让老板知道他有多不容易。

事实上这会形成一种习惯，不停地把难题抛给老板。要知道，这些都是你应该去克服的。如果我们的业务仅仅是去银行取钱那么简单，我只需财务部就够了。

过程固然重要，但老板是拿数据和结果说话的。

纵有千难万难，征服、搞定才是我需要你的价值。

我加班一个星期了，我孩子病了几天了，我家里老人需要人照顾，我丈夫下岗了，我被客户辱骂了，我的上级领导说话太难听……

请问，这些问题哪一个是我能帮你解决和完成的?

每个人都有自己的家庭琐事，这本无足挂齿。造成困扰，是你协调能力不够，时间和效率的问题。我们公司有明文规定，轻易不允许加班，如果实在需要，部门领导要向我汇报，只有我批准才可以加班，而且按照劳动法给予相应的加班工资。事实上，我签署过的加班条并没有几次，更不在你们的部门。那么，结果只有一个——你的个人原因，没有及时完成作业。

试问，学生放学后边玩边写作业，到深夜十二点才写完，也要和老师诉苦说作业太多吗？

要知道，老板要做的是选择题，不是问答题。不要总把问题抛给我，否则谁是谁的员工?

炫耀以往的成绩和关系，坐吃山空。

人情社会，不能完全抗菌免俗，什么单位都有几个关系户：朋友的老乡、领导的亲戚。

进来了，给面子；留下了，靠能力。

有的人勤勤恳恳，低调做事，拿成绩说话，让我不胜感激当初举荐他的所谓关系。这叫对自己和介绍人负责，这样的关系户多来几个也无妨。

职场如情场，什么方式认识的不重要，重要的是能不能和谐，是否相处愉悦。

另外一类人则每天耀武扬威，倚仗“上面有人”，对上级恭维卑微，对同级趾高气扬，对下属吆五喝六，既没有工作实力，又没有良好态度，这是给推荐你的亲戚和朋友脸上抹黑，也是对自己的不负责任。

关系决定你进了门，但是能待多久就要靠自己了，没人能保你一辈子。

还有的人因为是名牌大学的高材生或带着曾经的辉煌履历，就自觉高人一等，不学无术，不求上进。

以前的那些履历、功劳簿只是入职参考，说明不了什么。在公司里，太多勤恳劳作的“小白人”专科生努力填充，成长迅速，独当一面。

职场路漫漫，只有不断吸收让驼峰永远满溢的人，才能走出沙漠，见到绿洲。

我实在不希望你掉队，但有时不得不忍痛割爱，因为你已经跟不上团队的步伐。

你可以躺在舒适区睡觉，我们得低头继续赶路。

不尊重上级主管，目中无人。

任何一级领导都不是完人，包括我，都会有层出不穷的错误和不足。

不能终日拿着管理者的问题说事，跟侦探一样专门盯着、看着领导的不足。

张三这个决定给公司带来了多少损失，李四无能不知道领导看上他啥了，那个主任简直平庸得要死……

做管理是对综合能力的评估，不是业绩第一名的人就可以当领导，更不是情商很高的人就可以做管理。除非你对整个公司的管理制度和用人体系失望甚至绝望，除非一个公司任人唯亲、胡乱行事、人事混乱、没有章法，否则，请尝试看到积极的一面，看到他们的好。

换位思考，如果放你在这儿，是否能在出成绩的同时保证不出任何闪失和错误，甚至没有成功所需要的必要成本与代价?

要达成一个目标，有折损和消耗是正常的，管理者的能力就是及时止损，把消耗降到最低。

职场如战场，有输有赢，就算打了胜仗也难免会损兵折将。

关键是有没有及时修正战略，有没有避免下一次伤亡的谋划。

身为老板，我深知管理者的不易，我用的每一个人，自有你们未必了解的理由，而这未必尽人皆知。

请相信他们、支持他们，因为那就是信任我、支持我。

他们就是我的心肝脾胃肾，你得和我一起保护、保养他们才行。

说了这么多不喜欢，为了缓和气氛，我说几句我喜欢的吧:

如果你身在公司，心系成败，我不可能不尊重;

如果你尽职尽责，踏实勤奋，我不可能不欣喜;

如果你披荆斩棘，创新果敢，我不可能不爱你。

我不反对离职和跳槽，每一个决定离开的人，我都会毫不犹豫地签字。因为我相信成熟的人有成熟的决定，只是希望不是我淘汰你，而是你淘汰了我，那说明你的进步比我们快。我希望未来你能被称赞，从我的公司出去的人是泥土里蹦出来的金子，而不仍是泥土。

职场暗藏玄机，一切自有道理。

其中门道，你慢慢会懂。

扫一扫，听一听

很高兴，和你夫妻一场

文 / 李月亮

今天写的，是一位女读者的故事。

一年前，她老公因病忽然过世，享年三十二岁。

前几天我们聊了很久，她的故事很打动我。

我把它写下来，希望也能打动你。

更希望从此后，你懂得珍惜眼前人。

——李月亮

老公:

转眼已是一年。

去年今天，下午三点半，医生从抢救室里出来，说你走了。

我头重脚轻地冲进去，你平静地躺着，手还温热，只是身上所有的管子都被拔掉了。

我很后悔当时没有仔细看看你，以致现在都不太能想起你最后的样子了。

那时候我好像迷糊了，总觉得那是场梦，是个幻觉，是全世界跟我开的一个大玩笑。

我怎么能想象啊，两天前还走路带风、朗声大笑的你，居然说走就走了。

永远不会回来。

永远。

今天下午我去给你扫墓了。

墓碑很凉，你的名字清晰如昨。我坐在墓前的水泥地上，絮絮叨叨地跟你说了很久。就像过去我们坐在沙发上闲聊那样，家长里短，有一句没一句的。只是我有来言，你没去语。我说了那么多、那么久，你也没给我一点点回应。

不过没关系。哪怕你只是一座冰凉的墓碑，我也愿意跟你多待会儿。

今天我表现不错，一直忍着没哭。直到临走时，我站起身说：“老公，我要回家了。”话一出口，泪如雨下。

我终究还是要一个人回家，一个人过日子，一个人艰难前行，一个人熬过漫漫时光。

你不会再陪我。

其实你刚走时我特别怪你。

我那么爱你，儿子那么小，爸爸妈妈那么需要你，你居然那么狠心，把我们所有人都扔下，转身就走了。

你走得多简单，可我怎么办?

我好好的日子，忽然就天翻地覆，一片混沌。

全乱了。

那几天，家里每一寸空气都是黑色的，每一个桌椅床角都带着沉沉的悲恸。

我白天忙你的后事，晚上整夜痛哭，循环往复。

那天你同事把你留在单位的东西送回来。见到我，他大概想安慰两句，可是一开口话就哽住了。最后他放下东西，别过头，向我摆摆手，一言未发，匆忙离开。一米八的大男人，在电梯间里哭出了声。

我在门里，看着你的水杯、笔筒、书、材料，也忍不住大哭了一场。

自你走后，这样一场一场的痛哭，我已经记不清有多少回。

其实，生活艰难，我都能扛。

房贷我能还，大不了兼一份职。

地下室被盗，我能自己报警、找物业、找保安。没问题。

儿子半夜发烧，我带他去打针，清晨六点送到我妈家，然后直接去上班。没问题。

无非累点、难点、苦点、穷点，打不垮我。

我受不住的，是精神信仰的倒塌。

这些年，我越来越死心塌地地爱你、依恋你，也越来越相信我们会一辈子在一起。

你忽然闪掉，让我瞬间失重，一切节奏都被打乱，一切规划都被推翻。我像当头挨了一百棒，眩晕，疼痛，不知所措。

我到现在都想不通，一个活生生的人，怎么凭空就没了？

原以为生离死别都是传说，哪想到突然就来了。

原以为我们会天长地久一起走，哪想到转眼就到了头。

原来世事真的无常，天知道身边人会陪你到什么时候。

你走后这一年，我好像比大家想象的都坚强。

工作照常，孩子茁壮，咱俩的爸妈我也照顾得很周详。

别人都以为，我挺过来了。

可是谁又知道，我没有一天不悲伤，没有一天不想念。

你曾经存在的位置，变成了我生命里一个巨大的黑洞，我拼命填也填不上。那里面翻滚四溢的悲痛，不断不断地淹没我。

我会随时随地陷入悲伤——路过你常去的理发店时，听到你喜欢的一首歌时，看到跟你穿同款夹克衫的人时……

我脑子里每天都会蹦出很多个如果——如果我能多提醒你注意身体，如果你没做那份辛苦的工作，如果你前一天晚上能早点睡……我做梦都想要一个撤回键，让老天把你还给我。

在我们常去的餐馆，我总忍不住举目四望，幻想着没准儿可以忽然看到你正坐在某张餐桌前，像以前那样等我和儿子来吃饭。

我把你给儿子买的彩纸都折成了小船，幻想着如果折完所有颜色的纸再摆出奇特的造型，就可以找到你。到时候你提着行李箱站在门口，像是只出了趟远门，现在回来继续和我过平平常常的小日子。

我特别怕过节，特别怕见旧人，特别怕看到情侣或者一家三口。

我怕安静又怕热闹，怕想起你的好又怕忘记你的好。

你知道吗老公，我不怕儿子生病吵闹折腾得我彻夜不眠，我最怕夜里他哭了，我迷迷糊糊地喊你去哄，你的名字被喊出口我才清醒，意识到你再也不会抱起儿子说：别哭，爸爸在这儿……

那种瞬间袭来的穿透骨髓的悲伤，是我无法承受之重。

我终于知道了什么叫活受罪。

走了的人不可追，活着的人活受罪。

去年儿子上幼儿园了。他大部分时间都很乖，偶尔调皮。

有次他偷偷拿了幼儿园的玩具回来，又不肯认错，我情急之下打了他。他大哭不止，我心疼又后悔，更觉得很对不住你。那天儿子在客厅哭，我在厨房哭。后来他不哭了，我又哭了很久。

还有一次，我接他放学，一个爸爸领着儿子在前面走，小朋友蹦蹦跳跳，小手紧紧攥着爸爸的大手，俩人不知道聊了什么，笑得很大声。

我看在眼里，泪在眼眶里打转。

儿子也看到了别人的爸爸，又一次问我：“我爸爸到底什么时候从国外回来啊？”

我答不上来啊老公！

我到底该怎么告诉他，你回不来了，这辈子都不会回来看我们母

子，不会给他机会喊一声爸爸，不会亲他、抱他、牵他的手，不会看着他背着小书包蹦蹦跳跳地回家，不会知道他上了哪所大学、找了什么样的女朋友，他长大成人、结婚生子。他人生中的所有场景，你都将缺席。

你这一走，欠下儿子多少啊，我若是他，我不会原谅你！

下辈子你还做他爸爸吧，把这辈子欠人家的，都好好给补回来。

对了，上周你妈妈来了，我们聊了很多，甚至还说起那年我第一次去你家时，你提前让妈妈把窗帘、地毯、沙发垫全洗了。妈妈说这是迎接领导人的规格，你说是宇宙最高领导。

结婚那天，我爸把我交给你时，我爸没哭，你哭得稀里哗啦。

回去后所有亲戚都夸你好，说我嫁对了。我向你转达亲戚们的赞美，你盘腿坐在床上，得意地说，笑纳了笑纳了……

这情景，恍如昨日，又恍如隔世。

那天妈妈说让我再好好找一个，她和爸爸都支持。

我说以后可能会找的。

是的，也许将来会有一天，我又牵着别人的手说“我愿意”。但是说老实话，我毫无信心。

我花了二十几年才在茫茫人海中认定你，实在不知道未来还会不会有那么好的运气，再遇到另一个人，如你一般宠溺我、呵护我，给我遮风雨，让我无忧虑，以一个男人最大的诚意，把能给的都给我。

这世上再不会有第二个你。

可是你在的时候，我都没想过要珍惜眼前人。

我常常在心里偷偷给你道歉，你回来吧，我一定好好爱你、照顾你，把好吃的都给你，买最好看的衣服给你，再也不跟你吵架冷战……

你无可替代，却不再回来。

有时想想，我们这场相逢，真像是做了一场美梦。

虽然梦醒人散，狼藉一片，但我从未后悔。

老公，很高兴能和你夫妻一场。你曾给我的，我一世不忘。

我将努力幸福，不负你曾爱我至深。

更盼你幸福，无论置身何处。

扫一扫，听一听

老婆，谢谢你爱我

文 / 北辰

老婆：

我昨天迟到了。

早晨上班，地铁关门的刹那，一个阿姨挤了进来，她老伴腿脚慢，被关在了门外。

阿姨瞬间就慌了，操着浓重的东北口音说："妈呀，我老头没进来，能不能开门啊，我下去，咋办啊这，谁能帮帮我啊，我不能丢了……"她说着，急得眼泪都下来了。

我一边安慰她，一边问她要了她老伴的电话，帮她约好在下一站下车会合。

阿姨抹着眼泪，边谢我边重复着：“丢了咋整，丢了咋整……”

就这样，我牵着老人，把她交到她老伴手上才去上班。

然后昨晚我就失眠了，白天这一幕一直挥之不去。

因为我已经丢了你几乎整整十年。

俗话说，丈夫，丈夫，一丈之内才是夫。可是我们结婚第二年我就来了北京，和你相隔千里。

结婚前，我问你想要什么。那时年少轻狂，心里想着，我最爱的女人要什么我都必须给她。

你说你只是想跟我在一起。

我觉得这多简单。

可是，我偏偏没做到，让你过了十年身边几乎没有我的日子。

那时候老家没什么好营生，北京打工的哥们儿再三劝我离开。高出老家四五倍的收入，对日子窘迫的我们来说是巨大的诱惑。

我们纠结得不行，今天你说去吧我说不行，明天我说走吧你说别走。

后来你老爸重病，县城的医院建议转到市里。可是我们根本拿不出去市里看病的钱，只能硬着头皮留在县城。

那天你在爸爸的病房外号啕大哭，晚上回去就跟我说出去赚钱吧，没钱不行。

我就这么一咬牙一跺脚出来了。

半年后爸爸病愈，我想过回去。你说，这次是在县城闯过鬼门关了，谁知道下次还能不能这么幸运。再说，过日子、养孩子、建房子哪样不要钱？我们苦就苦吧，挣钱要紧。

这一句“苦就苦吧”，说起来轻松，熬起来何等艰辛。

你在老家，从没得闲。除了打工，还要一日三餐伺候老的小的，女儿的吃喝拉撒都是你的活儿，四个老人谁生病都得你照顾。家里外头大事小情都是你撑着，我的同学结婚都得你代劳去祝贺。

我妈前年脑出血，是在夜里，你居然就听到她的呼吸不对，第一时间发现，连夜找车把她送到了医院。因为抢救及时，也因为你陪护得力，老妈渐渐恢复，到我回家，甚至都看不出她得过这糟心的病。

还有女儿。她转眼已上小学，我陪伴她的日子却屈指可数。

她开口说的第一个词是爸爸，那是你每天不厌其烦教她对着手机喊我的成绩。你说你一直在她身边，教什么都好说，但是你必须让她记住我。

我的心很酸。让一个不谙世事的孩子对爸爸的记忆停留在手机视频里那个满目泪光的男人身上，实在是委屈了她，也委屈了你。而且，明明陪她满地打滚、送她上学、告诉她坚强勇敢的应该是我，而现在，全是你。

去年我回家过年，进门就看到墙上贴着她的画和奖状。那一瞬间我的眼泪差点涌出来，你一个人把孩子养这么大养这么好，付出了多少啊。

我打心眼里想干点活，可是你不让，说我辛苦一整年了，就负责好好歇着，陪孩子玩玩。

我想自己找点事，基本插不上手。我看着你手脚麻利地忙里忙外，衣角有了破损，眼角已现皱纹，心里特别不是滋味。

我太愧对你了。这些年，除了给钱，我几乎没有尽到一点丈夫的责任。

老婆你知道吗，当时我就想，你要是嫁给别人，肯定比嫁给我幸福。

我何德何能，竟得到你如此厚重的爱。

我只能在心里默默感谢。

老婆，谢谢你爱我。

亲爱的，我懂你的不容易，所以我必须很努力。

以前在工地干活，很苦，但是我不惜这一身力气，一个月能干满三十天，我绝不干二十九天。

吃的住的条件差，也都不是事儿，我出来不是享福的。

我特别努力地逮着什么学什么，后来可以帮工头干些脑力活，现在已经坐进了办公室。

在工地时，有一次我不小心砸破了手，皮开肉绽。大家都忙，我没声张，自己买了点纱布缠上了。

缠的时候，我就想起你。那次你的腿受伤，也是一个人包扎好就接着干活，连个替班的人都没有，连个心疼的人都没有，连个帮你包扎伤口的人都没有。

那天吃完饭时，一起干活的小宋说他晚上要去阿姊那里，问我要不要一起。阿姊是附近洗脚房的小妹，小宋隔三岔五去找她，每次都会消费一大笔钱。

人各有志，我平时也不想多说，但那天我不知怎么就很生气，大骂了他一顿，让他想想老家那个默默支持和等候他的老婆。

他觉得我神经病，差点跟我绝交。

其实我也是男人，怎么会不知道男人想要什么。

可是不管别人如何，我不能对不起你，我必须永远记得自己来时的路。

无数个夜晚，因为思念，我百爪挠心，但我越来越坚定，这一生，我只要你一个女人。

无数个白天，在我疲惫不堪、体力透支时，支撑我玩命干活不放弃的，就是你和孩子。

一个人在外面，再苦再累，晚上能跟你和孩子视频，我就心满意足。

我曾经在电话里问你："孤单吗，害怕吗？"

你笑，说手机里有我的照片，你没事儿就看看，既能了却念想，又能驱鬼辟邪。

你从未抱怨。

可是你知道吗，男人的良心就是，你越不抱怨，他越觉得亏欠你。

男人应该是山，能让你在疲惫脆弱时靠一靠。而我，硬是让你活成了女汉子，自己扛起大米赶路，夜晚伴着月亮回家。

你现在跟过去不一样了，坚强，隐忍，很少哭。

可是你越不哭，我越难受。

我多希望你还是那个娇气的小姑娘，那个不敢走夜路的胆小鬼。

今天看到那个地铁上的阿姨，我感慨万千。

其实去年春节那几天，我就暗暗下了决心：我要回家，和你在一起。

我知道这是你一直企盼的。

上次哥们儿离开北京回老家，我说我也会回去，你的眼睛瞬间一亮。

这十年，我们的日子好了很多，我也有了一些能力的积淀。

事业无尽，财富无边，而生命有限，那些平凡而踏实的幸福，我不想再错过。

我不想再等什么功成名就时再衣锦还乡，只渴望与你朝朝暮暮，相守到老。

我曾经说过，待我解甲归田，定温柔待你。我决定现在就要兑现！

老婆，今年过年，我将带着我所有的行李，带着十年的爱和思念，带着对崭新未来的规划，回我们的家。

从此以后，天黑路滑，世道艰难，有我陪你，再也不怕。

回家的路，也长也短。

长不过思念，短不过亏欠。

扫一扫，听一听

越来越老，但也会越来越好

文 / 李月亮

亲爱的：

此刻，全世界都在忙着告别和迎接。

亲爱的，你在哪里？有没有坐下来盘点去年和规划今年？

我刚才在朋友圈问：用八个字做年终总结或者新年期待，你想说什么？

在一堆正经不正经的回复里，姐姐的答案脱颖而出。

她说：越来越老，越来越好。

我由衷地喜欢这八个字。

其实我以前怕老。

不愿意直面年龄随着年份步步高升，每次辞旧迎新，别人说我们又老了一岁，我都会本能抵触：什么老了，我只是长大了，哼哼。

但是现在我居然不怕了。

我渐渐发现，老不是坏事儿，拿一脸胶原蛋白换来内心的从容平和，换成生活的美好安适，特别划算。

越来越老真没什么，因为人生越来越好了。

想来，你也和我一样。

生活越来越好。

以前买肉会算计钱，现在只会算计怎样避免这些肉长到自己身上。

以前买三块钱的面包都觉得贵，现在加班，买个三十块钱的小芝士蛋糕犒赏自己毫无压力。

以前只敢琢磨周末去近郊吃个农家乐，现在早早就做好了年假出国的准备，“新马泰”都嫌俗，要更远、更小众、更有格调的地方才能入眼。

以前有的穿就尽量不买新衣服，现在衣柜里光小黑裤就一大摞。一边入新，一边弃旧，跟小区的旧衣回收柜比跟老同学都熟，没有一件衣服是因为穿破了才扔掉的。

自己小时候一个布娃娃能玩五年，现在孩子的玩具堆成山。每次娃哭着闹着要买这买那，爹妈负隅顽抗的真正原因其实都不是怕花钱，而是家里真的堆不下了啊。

还有，街上小店越来越精致，餐馆的美食越来越丰盛，手机的新功能越来越多，找家政订外卖越来越方便……

有时候我们都要忍不住感叹，只有我们想不到，没有世界做不到。

说心里话，我真的好喜欢现在的世界。

事业越来越好。

弟弟今年硕士毕业，谋了份不错的工作，两个月前转了正，终于结束了自己伸手要钱的前半生。

昨天他发微信说要给我买围巾，问我喜欢咖啡色还是奶白色。我一看到围巾的照片，心里就暖得不行。那个让人头疼的顽劣小孩终于磕磕绊绊地长成了大人，能自己赚钱了，也懂得对爱他的人好了。

我们这些工作多年的人其实更好，收入涨了一点还是次要，职位高低也不重要，关键是状态越来越好了。

当年刚入职时，新得掉渣地投身到一个单位一个行业，那份惶恐、迷茫，那种兵荒马乱，都还历历在目；现在业务能力当仁不让，也越来越明白行业里的道道，越来越熟知单位里的关系。

该补的旧课都补完了，该学的新知识也都不会太难。心里渐渐有了底，不会再犯愚蠢的低级错误，也不再害怕莫名其妙被谁摆上一道。

那个手忙脚乱的职场新鲜人，终于成了得心应手的单位顶梁柱。

这份“我能掌控”的笃定，是人生最酣的状态。

当然，也还会在某一时刻高度紧张，感到疼痛和压力，但那不再是常态。往往这种时刻坚持下来，身上就又多了一个闪着光的勋章。

心态越来越好。

过去身上有特别多没意义的棱角和硬刺，整天就有特别多的不顺心和不顺眼，总喜欢吐槽和抱怨。

现在没那么事儿妈了。

知道世界之大，包罗万象，万事万物都各有各的正确方向，就算不符合我的意志，也得尊重，起码，要包容。

被人毒舌几句，也懒得生气了，甚至还会配合着自嘲一番，无非玩笑嘛，何必在意。人活在世，有时候说别的都没用，就比谁心大。

遇到莫名其妙的攻击或者陷害，也能理性解决了，基本不会再暴躁狂怒。利益问题就考虑利益，关系问题就考虑关系，反正不生气。

没错，不知不觉变得佛系，俨然已是不生气佛本人。

还有，以前理想远大、满腔热血，满肚子鸿鹄之志，看别人干着本分工作、过着平常日子，总觉得蝇营狗苟，没出息。

自己折腾了几年，心里有点数了，知道了并不是所有人生都能那么浩大，都有必要那么浩大。对多数人来说，能简简单单过个小日子就是福。

朋友说，有一天他下班回家，一进门，看见女儿在给老妈剪指甲，老婆坐在一边挑花生，三个女人说说笑笑，夕阳照在她们身上，像一幅极美的油画。

那一刻，他觉得自己是世上最幸福的男人。

当时他就想，什么高官厚禄，什么锦衣玉食，什么香颈粉腮，什么万人膜拜，都抵不过这寻常生活里的一瞬间。

也许只有在生活的泥泞里跋涉过的人，才知道这人间小确幸的可贵。

其实，咱们平常小民，大富贵难求，但小幸福常有：

自己都忘了生日，爱人却做了一桌好菜；

不会说话的儿子呆呆地看了你一会儿，忽然笑了；

今天的发型不知怎么特别好看；

下班出门，正好看到漂亮的落日和晚霞；

超市正好在播自己喜欢的歌……

并不是只有苏格兰海岸的落日才美，小区楼顶的朗月星光也是生命的礼物。

过去总忽略，现在总算不会错过了。

过去心总在天上，现在总算能脚踏实地了。

定小目标，过小日子，享受可望亦可即的小确幸。

大梦想当然还有，但小幸福也能抓牢了。

不管明天有没有彩蛋，今天先美着。

又一年过去了，有辛苦也有幸福，有大光辉也有不完美。

所有的经历，都是体验，都是成长。也正因为旧时光的不完美，我们才对新时光更加期待。

希望在崭新的一年，我们都被上苍眷顾，求财的得财，贪爱的得爱，老人康泰，孩子可爱，每个人都有每个人的精彩。

更希望我和你，可以一直一直在一起，共山高水长，到地老天荒。

扫一扫，听一听

你可以偷偷给自己点个赞

文 / 北辰

已经长大的你：

一周前圣诞节的光影还未退散，新年就要来了。欢乐此起彼伏，一波接着一波。

聪明的人类照着自己的意愿，把匀速流动的时光分成许多节点，于是没边没沿的日子，就过出了抑扬顿挫的节奏。

而此刻，日历提示我们：又一年到站了，请停下来，坐下来，安静、沉淀下来，和过去的三百六十五天挥手道别。

这悠悠长长又倏忽而过的一年，你过得怎么样？

你好像有点怀旧了。

年初时，去参加小学同学聚会，你和大家一样，被岁月这把杀猪刀剐蹭得面目全非，一大半同学你都不认识了，当然也有人认不出你了。

大家感慨了一番时光蹉跎，又一起回顾了很久旧日子——

那些一毛钱就能买到的无敌美味冰棍，那些一块五就可以入手的皮面文具盒；

那些大雨过后满天飞的蜻蜓，那些夏日正午晃得人睁不开眼的刺目阳光。

还有，那个特别好看、特别会唱歌的高年级女生，那个经常单独留下你辅导功课的小个子数学老师，那个校门口小卖部总扎着围裙的胖阿姨……

他们在哪里啊？他们都老了吧？他们都还好吧？

那些日子回不去了，但必将永远被记得。

你对生命有了新认知。

春天时，你失去了曾经一起长大的哥们儿。

他昼夜奔忙，不断刷新加班的极限，熬夜到凌晨是家常便饭。

他曾在凌晨三点时发了一张街景给你，说好累。

一个月后，在某天凌晨四点去机场时，他倒在了路上。

三十二岁的年纪，身体曾经那么壮硕。

过去永不停歇，如今永不醒来。

追悼会上，看着他头发花白、木然失神的父母，他刚会走路、年幼无知的儿子，你悲戚不已，特别想为他做点什么。

你更知道，今后必须保重自己的身体，绝不能让自己的父母妻儿陷入那样的绝望。

你成就了新的自己。

年中，你放弃了之前稳稳当当的工作，因为实在不想再过一眼就能看到头的人生，不想在三十多岁就丧失了斗志，进入养老状态。

你想试试自己还能过怎样的人生——没有一个亿的小目标，只想试试。

于是你痛下决心跳上了另一条人生轨道，看看能不能活出点新意思。

这说起来特别勇敢豪迈，但是你自己知道，在做出决定那一刻，你有多惶恐，多畏惧，多战战兢兢。

你告别了熟悉的圈子，在一个从前未知的世界里摸爬滚打；你建立崭新的思维模式，寻求全新的商业路径，更新自己固有的知识结构。

你时刻自省，不敢怠慢，铆足了劲儿去为自己赢得新生。

还好，你干得不错。

前几天公司年会，当比你还年轻的董事长把奖状放到你手里时，眼泪一圈圈地在你眼里转。

这稳稳走出的第一步，看似平常，但背后艰辛，又有谁知道？

你真的长大了。

这是你离开父母的第十一个年头。

当年一个人背井离乡，一边恋恋不舍，一边隐隐欣喜——自由了。

而这两年，眼见着父母年迈孤独，你越来越不忍让他们在老家隔山隔水与你遥遥相望。

这个秋天，你终于又在自家楼下买了一套房子，把他们接到了身边。

现在，你每天晚上和爱人领着孩子去老爸老妈那里吃饭，你常常在下班路上买几个烤红薯、热包子捎过去，每次去超市你都给他们带些排骨、鸡腿、牛奶、水果……

每天都看到老爸老妈，也看着他们的厨房变得满满当当，你觉得心里踏实极了。

有一天邻居阿姨来串门，你听到老妈说：这孩子，真是长大了。

你瞬间百感交集。

长大了。

这日常场景里的一句日常话，是多么由衷的肯定，是多么郑重的加冕，胜过任何庄严的仪式。

是啊，你终于长大了，在单位独当一面，和爱人共担风雨，对父母无微不至，为孩子竭尽全力。

这样的你，可以偷偷给自己点个赞了。

这一年，你有点满意。

当然，也有很多没做好和没达成的事。且把它们都当作念想，交付新的一年吧。

新的一年，你想放慢脚步，平心静气地品一品生活。

就算每天上班的脚步依然忙乱，但内心，该是不慌不忙不动荡。

新的一年，你要执岁月之笔，用时光为纸，以勤奋为墨，用希望做砚，铺展开来，画一幅春暖花开的好日子。

前方一定有岁月静好，因为你一路不辞辛劳。

我们都相信，认真生活的人，一定能得到生活的犒赏。

扫一扫，听一听

你心里有没有委屈过，妈妈

文 / 李月亮

妈妈：

我是宝宝。

驻扎在你身体里九个月了，你每天都摸着肚子跟我说话。其实，我也有很多话想跟你说。

我先道个歉吧。

特别对不起，妈妈，这两百多天，我给你添了数不清的麻烦。

孕吐失眠、腰疼腿胀、行动艰难、喘不上气……还有，那么爱漂亮的你，胖成了一团，脸上生了斑，身上一大片妊娠纹。

其实我很担心。

在你扶着洗手池吐得稀里哗啦的时候；

在你腰疼欲裂站不直躺不下的时候；

在你整夜难眠不停跑洗手间的时候；

在你往遍布妊娠纹的肚子上抹橄榄油的时候；

在你站上体重秤，发现自己又长了一斤半的时候……

因为我的野蛮生长，你受了太多苦，我以为你会责怪我。

但是，你没有。

你还是每晚放胎教音乐给我听；

还是热切地到处学习养娃小知识；

还是抚着大肚子细细碎碎地跟我说话；

还是兴致勃勃地给我准备奶瓶、澡盆、小被子；

我睡着了，你会担心“怎么好久没动了”；

我撒欢时，你又担心“怎么动这么厉害啊”……

哈，多好的妈妈啊。

看来我选你做妈妈，真是选对了。

多么庆幸，造物主安排了我们做一世母子。

我在苍茫和混沌中游历了亿万年，才机缘巧合遇到你，成为你的孩子，这是多大的缘分和幸运。

谢谢你，妈妈，给了我一世为人的机会，让我可以体验爱恨情仇，品尝人间百味，经历顺逆成败，感受欢喜悲忧，看美丽和不美丽的风景，听动人和不动人的故事。

生命有无限的意义，而这一切，都是你赋予我的。

现在，我正站在起点，等着人生的大幕一寸寸拉开，你将拉着我登场亮相，再一寸寸地揭开专属于我的未来的谜底。

我慌慌张张地来到这世界，身无分文、手无寸铁，弱小如蚂蚁草芥，全靠你护我周全。

而我还完全不知道你的样子，就这么胆大包天地来投奔你，毫不客气地仰仗你。

你有多高，手指有多长，眼睛和头发是怎样的？我很好奇，却一无所知。

但是我熟悉你的呼吸、你的声音、你的心跳、你的味道……

这一切，都将永远记录在我的身体里，像你给我的基因一样，作为我生命的初始信息，伴我一生。

这些于我，都是天使的印记，意味着光明和温暖、美好和安全。

所以，不管你是胖是瘦，是美是丑，是保姆还是教授，是粗声大气还是细腻温柔，只要你是你，我就将毫不犹豫地把全部的爱和信任给你。

因为你是妈妈。

只有你，可以让我在不会说话、不会走路、不会穿衣服、不会做任何事的时候，心里无比踏实，一点都不害怕。

我知道你会照顾我、保护我，给我冲温度适宜的奶粉，帮我一口口吹凉热粥，往我的脸上拍护肤霜，带我打各种预防针，在车上调整坐姿让我舒服地睡觉……

而我心安理得地穿你买的衣服，吃你做的饭，听你读故事，霸占你的时间，扰乱你的生活……

这是我们的不平等条约。

你给了我生命，又拿命来爱我，极尽所能地护我安好，把这世界的黑暗、冷漠、残酷和功利与我隔离开来。

而我什么都不能给你，甚至还不会喊一声妈妈，不能说一声谢谢。

你心里有没有委屈过呢，妈妈?

其实我也一直在想，我将如何报答你。

我会很努力地长大，然后去拥抱你，牵你的手、亲你的脸，跟你说悄悄话，欢天喜地地叫你妈妈。

我会认真听你的话，你说的一切我都觉得是真理，你要求我的，再难我也会拼命努力。

我会尽力成为优秀的人，让你在人群里感受到艳羡眼光，让你在天明醒来时想到我就满心欢喜。

我会越来越像你，从模样到口音，从习惯到性格，从审美到口味……我会不知不觉地慢慢变成另一个你。

我会全心全意去爱你，把这小小生命里蕴藏的最纯粹、最柔软、最浓烈的爱，全给你。

不知道这些，能不能报答你给我的百分之一。

妈妈，此刻，我早已忘了前世，忘了我从哪里来。

但我清楚地知道今生，知道我要到哪里去——

我要去你的世界，和你一起说很多很多话，吃很多很多饭，见很多很多人，去很多很多地方；和你一起分享不可言说的喜悦，解决不期而遇的麻烦，做彼此人生里最忠诚、最亲密的战友和伙伴。

妈妈，我们就快要隆重而盛大地相见了。

我是如此期待。

那将是多么动人的一天——

我和你的世界，同时启动一个按钮，啪嗒！我们的人生都进入到另一番美丽新世界。

从此以后，我们唇齿相依，紧密相守，一生相爱，一生不散。

扫一扫，听一听

希望你边走边唱，活得悠然自得

文 / 北辰

宝贝：

那夜，你妈妈脚抽筋，我蒙眬中闭着眼睛给她揉腿。你渐渐长大了，似乎呼之欲出，妈妈也整夜整夜睡不着，我想是你要来了。像我们急切地想知道你的样子一样，你是不是也特别想看看爸爸妈妈的模样？

你在妈妈肚子里九个月了，我却还不知道你是男宝还是女宝，我阻止了所有人用任何方法判断你的性别。

你妈妈问我："你真的不好奇我怀的是啥？"

我当然好奇，但我想等你亲自揭晓谜底。当然，不管你是什么样，就算像一只小猫，我也爱。

我嫉妒你妈妈，因为你呼吸着她的呼吸，感受着她的感受。你们一衣带水、息息相关，有着妙不可言的交流。

我很多次看到妈妈俯身摸着肚子和你说话，而你时不时手刨脚蹬地表示喜悦和抗议。

而我和你，基本还对彼此一无所知。

自从知道有了你，我才开始重新思考生命的意义。

那就是憧憬未来和探索未知。而你，是我生命里最大的未来和未知。

看着街头玩闹的孩子，我会想象你的样子，想象你乖巧还是灵动，安静还是跳跃。

我想我应该不会逼着你去画画、弹琴、写书法，除非你愿意。你要是什么都不喜欢，就傻乎乎地在院子里乱跑，那我就看着你跑、陪着你玩，管他有没有意义。

你摔倒了，我想我一定不会去扶你，因为自己倒下再起来，是人生必经的课题。

你抱怨了，我可能会批评你，因为你看不惯的，不等于是错误的，不能一叶障目。

你失恋了，我也未必去安慰你。爱情不仅仅得到是幸福，失去也是体验。

你失望了，我一定会激励你。我们什么都可以失去，唯独不能没有的就是希望。

你或许长得不那么好看，但是宝贝，我会告诉你怎么让自己变成一个有魅力的人。这个世界，颜值可能会带来一时兴起，而魅力才能形成恒久的磁场。

你也许没那么优秀、成功，但是吾爱，我会告诉你怎样做一个温润友善的人，这会使你收获快乐。相比所谓的优秀和成功，快乐其实更加重要。

不管你未来决定创业、从商还是做学术研究，不管你是想做机修工还是化妆师，我都会支持，只要你是用自己的双手和勤劳供养自己、为社会出力，只要你是有价值的人。

不管你是男孩还是女孩，不管在你二十五岁还是三十五岁时，我都一定不会逼你结婚，因为结不结婚、和谁结婚，必须是你自己成熟冷静的决定。

不过，我可能会在你成长的路上制造些可控的小麻烦，因为如果我不陪你经历、不教你解决，你日后就会遭遇更大的麻烦，甚至会无力面对、一蹶不振。

我还会尽力和你妈妈真心相爱，幸福到老。我深知一个和谐温暖的原生家庭对孩子多么重要。

当然，世事难料，万一我和你妈妈彼此不再有爱，我们也绝对不会因为你而死撑败局。虚伪、糟糕、貌合神离的家庭气氛就是一剂慢性毒药，会腐蚀你的灵魂。

我会告诉你，这个世界我们不必负累应对，我们可以过简单至极的平和日子。

我希望你边走边唱，活得悠然自得。

得势不大喜过望，失意不自怨自艾。

男人好像总会想得很久远。尽管你还没出世，我已经做好了关于你的林林总总“大计划”。

当然，我绝不会把我的想法全部施加于你。

我还会告诉你妈妈，我们绝对一生都不做唠叨细碎的父母。

所有的话，无论轻重缓急，我们都坚持只说一次，让你始终记得，虽是父母，也没有义务和能力叮嘱你一生。

没有无穷无尽的爱，只有你懂得后的珍惜。

我们一定言出必行，我们一定字字珠玑。

我们不会停止学习，身教永远大于言传，所以，我们会用自己的成长引领你。

我有好多想和你一起做的事。

比如我最羡慕骑在爸爸肩头的孩子，肆无忌惮地咯咯大笑。那一刻我心里会满溢做父亲的幸福和光荣——对，我会因你而倍感光荣。

比如我最想带着你去游乐场，感受惊险刺激下的勇敢和挑战。对，我希望你是个果敢坚强、乐于征服和挑战的孩子。

我还想带你去美国66号公路，旁边坐着你妈妈，后备厢里是呼哧呼哧的大金毛。那将是我作为一个男人，向世界宣告主权的时刻。

我奢望和你一辈子不分开。你结婚后，我们和你爱人的父母都在一起。爸爸一定赚足够多的钱，买大房子，也攒足够高的情商，和大家和谐相处、互敬互爱。

到时候，老人们一起慢慢变老，你们慢慢成熟，你们的孩子也渐渐长大。

春秋更迭，我们的人生细微也急促地变化。不管什么我们都坦然迎接不拒绝，就像如今迎接你一样，去拥抱属于我们一家人的一切事情。

你知道吗?

那天，妈妈悄悄问我："要做爸爸了，你有什么感受？"

我像个得道高僧一样缓缓地说："我觉得，自己莫名地有一种力量感，仿佛我就是可以征服世界的超人。"

对，你知道吗？每一个即将出世的宝宝，都是爸爸的加油站。

很多男人结婚时都还不够成熟，却在做了爸爸后瞬间长大。

一个生命带给男人的力度和鼓舞，能让他上天入地、气宇非凡。

就是你，即将让我们的生活陷入忙乱和慌张的小孩。

谢谢你，还没见面就带给我们朝思暮想和奇妙喜悦。

期待你，成长为未必是我们想象却是你自己想要的样子。

深爱你，这个赋予我最大幸福、最重使命和最高荣誉的小生命。

你即将大哭着来到我身边，而我会用最隆重的爱，护佑你接下来的人生欢天喜地、笑逐颜开。

来吧，我已经准备好了，亲爱的宝贝。

扫一扫，听一听

一个人没什么不好，但两个人会更好

文 / 李月亮

亲爱的：

现在，你在哪里，在干什么？

我，你未来的女朋友，刚刚一个人在小面馆吃过晚饭回到家。

今天很冷。从面馆出来时，我被凛冽寒意袭击得直哆嗦，下意识地裹紧大衣，拉起围巾遮住嘴巴，匆匆往家走。

身边一对情侣走过，女孩紧紧抱着男孩的胳膊，看起来要比我暖和很多。

我晃晃口袋里孤单的左手，有点渴望你在我旁边，帮我抵御刺骨的风和冷。

像这样的时刻，其实还有很多——

深夜失眠，夜黑得像海，深不见底，无声无息，我好像要被漫天漫地的孤独和恐惧吞噬了，一个人无助地抱紧双臂，想着要是你在，该多好。

约了闺密去看爱情电影，她却被别的男生拉走。我一个人捏着两张票，陪空荡荡的座椅看完整场电影。散场灯亮起时，我好希望你能从天而降，拉着我的手说：走，吃烤肉去！

看到特别好笑的段子，很想和你分享。你不在，我只好对着空气讲一遍，边讲边笑，笑到最后，整个屋子都是落寞的味道。

圣诞节前夜，商场门口有圣诞老人给情侣派发礼物，我埋头走过欢乐的人群，孤孤单单，和谁都无关。

买了张书桌，快递员只给送到楼下，可我住五楼啊。你在哪儿？

第二杯半价这种东西，是这个世界对我找不到你的巨大嘲讽……

亲爱的，很长时间了，我一个人闲逛，一个人看大海，一个人关灯睡觉，一个人去喝咖啡，一个人吃掉生日蛋糕……

一个人也没什么不好。但是，两个人一定更好。

我深信你有化平常为美好的能力，如果你在我身边，我们一起吃水煮面也是无上的幸福。

可惜啊，亲爱的，那么那么多好时光，我们都荒废了。

阳光明媚的下午、温风和煦的黄昏、柳枝泛绿的初春、碧空如洗的盛夏，苍烟白雾的寺院、葱葱茏茏的湖边、人间烟火的街巷、热热闹闹的广场……

若是有你陪我，该多美好。

我常常在想，到底是什么隔在我们中间，阻止我们相见。

是我不够好，又太自闭，还是你离我太远，听不到我喊你的声音？

所以，我尽量变更好，尽量去人多的地方。

我相亲了很多次，生怕错过你。

有好几回，我遇到了差不多的男生，明知不是你，也差一点草草去跟别人过余生了。

因为，我太疑惑此生能不能遇到你。

有种恐惧一直缠绕在我心里：万一这辈子你不来，怎么办？

我是选择孤独终老，还是随便找人将就？

还好我不想将就，否则你就追悔莫及吧。

嗯，到他日相遇，我倒想问问：你有没有担心过我不再等你？

当然，在相遇之前，我也有很多话想跟你说：

我对感情有点怯懦，如果你看到我想伸出手又收回，请你一定要比我勇敢，拉住我，让我跟你走。

我手拙脚笨，不会缝扣子，不会折纸花，做的菜品相也不太好，不过我会努力越做越好。

我偶尔会发小脾气，你一定别跟我计较，也不用讲太多道理，抱抱我，我就好了。

我喜欢穿肥肥大大的睡衣，刚睡醒的样子也乱糟糟的，希望你别嫌弃。不过和你出门时，我一定每次都美出新高度。

我特别怕冷，以后的冬天，无论在大街上还是沙发上，希望你都能做我的暖宝宝。

而我，自然也会把我每个细胞里装着的爱，都毫无保留地掏出来给你。

我会给你买好看的毛衣、柔软的围巾。

会热情洋溢地把你介绍给我所有的亲朋好友。

会和你一起旅行、一起看落日、一起逛菜市场。

你生病了，我一定请假专心照顾你。

你难过，我会讲很多笑话来哄你。

我们要养一阳台的花花草草、一只猫和一缸金鱼。

当然，一定还要有个宝宝。

然后，这一生一世，我们三个齐心协力，披荆斩棘、阅尽千帆，把人间的酸甜苦辣都尝一遍。

这样，到老得哪儿也去不了那天，我会特别欣慰，会觉得这辈子跟你在一起，特别对。

好了，我都准备好了，现在你可以来了。

我等着某天，你拿着玫瑰花，轻轻敲开我的门。

咚咚咚……

谁啊？

是我。

哦，你终于来了！

抱歉来晚了，你还真不好找呢。

没关系没关系，来了就好。

然后，你抱着我，此生，我再也不会冷。

扫一扫，听一听

我的姑娘，你在哪儿

文 / 北辰

冬天来了。

能喘气的生物貌似都渴望温暖，穿上棉服，全副武装，抵挡些寒意。

上周去某捞吃饭，几乎是凛冽寒风把我胡乱塞进去的，只因隔着玻璃看到了里面热气腾腾的场景。

我刚解开围脖，服务员就暖心地问了一句：先生，您是一个人吗？

我默默点头，好像自己犯了很严重的错误。

接下来，身高不足一米六、又瘦又小的她踉踉跄跄地搬来一个巨大的紫色泰迪熊，让它以北京瘫的姿势坐在我对面，像是嘲笑我的孤独。

好虐心啊！

好好一顿火锅，我吃得特别揪心。

我想，我是真的需要一个你了。

亲爱的，我一直在这儿，你在哪儿呢?

我去过泸沽湖，以为敢爱敢恨的人是你；

去过纳木错，以为牵我的手跳锅庄的人是你；

去过大理丽江，以为垂下长发浅吟低唱的人是你；

去过宽窄巷子，以为被火锅辣出眼泪还咯咯笑的人是你；

去过同里乌镇，以为漫卷云鬓、撑一把油纸伞在雨巷里的人是你……

我路过那么多姑娘，可惜都不是你。

我一直在修炼，怕万一你倏地出现了，我却配不上你。

我经常在夜里穿上礼服系起领结，端正地等你，我想，你的到来一定是一个仪式。

我经常在摩肩接踵的如织人流里，认真地端详每一张脸，我猜你一定藏在人群里，正慢慢走近我。

都说情侣是天注定的，是上辈子就有渊源的，但我怎么知道哪一个是你呢，你给我一点提示好吗？比如你眉间有朱砂，还是肩头有青痣？

或者，你给我个暗号也好，别让我找得这么辛苦。

你变化多端，实在无法临摹。

我期待越多、越久，越看不清你。

看到寒风中给流浪猫喂食的姑娘，我以为是你；

看到地铁里给老人让座的女孩，我以为是你；

重情的我以为是你，温暖的我以为是你。

坚强的我以为是你，善良的我以为是你……

我曾经误入迷途，把你想象得越来越完美、越来越立体，然后我就更加无法找到你。

现在我知道，我想得太多、太复杂，会吓跑你。

其实你不用完美。

你可以是街角那个边骑脚踏车边哼着歌的平常女孩。

可以是那个在雨中奔跑着赶公交的狼狈妹子。

可以是那个吃着炸鸡还舔着手指笑的傻姑娘。

你不用很瘦很好看，不用学历很高、读过很多书，不用能说会道、能歌善舞……不管你是长发温柔还是短发伶俐，单纯调皮还是沉稳端庄，我都可能爱上你，与你共度余生。

我知道，一个人，自己是什么样的气场，就会遇见一个什么样的伴侣。

所以我想，应该让自己变美好，那样才能吸引美好的你。

我规矩地吃饭睡觉，为你养一个健康的我。

我吟诗作画、饱读诗书，为你积攒一个有学识的我。

我开始去看时装周，参加跨年秀，为你做一个时尚有品位的我。

我也去冒险挑战、激流勇进，为你锻炼打造一个勇敢的我。

我仍满怀期许，但不再刻意去找。

我备好我的心和我的院子。

心里种蓊蓊郁郁的情义，院里过稳稳当当的日子。

我就这么平心静气地等你。

我知道你一定会来，坐在我对面，告诉我你一路奔波，也听我讲我经历过什么。

然后在多年后的某天，我沏一壶老白茶，看你在庭前赏落花。

我忽然发现，共你走过世事变迁后，我期待的已不是炽热的爱情，而是你被岁月浓妆了的样子。

你已不娇嗔、不浮夸，不用眼霜和粉黛，任凭脸上爬满皱纹。

你也不纤细、不娇柔，甚至无法轻盈走路，无法轻声细语地说话。

你一点都不美了，我却疯狂地爱上岁月爱上你。

我很喜欢博尔赫斯的一首诗，和大家分享。

我给你瘦落的街道、绝望的落日、荒郊的月亮。

我给你一个久久地望着孤月的人的悲哀。

我给你我已死去的祖辈，后人们用大理石祭奠的先魂：

我父亲的父亲，阵亡于布宜诺斯艾利斯的边境，两颗子弹射穿了他的胸膛，死的时候蓄着胡子，尸体被士兵们用牛皮裹起；

我母亲的祖父——那年才二十四岁——在秘鲁率领三百人冲锋，如今都成了消失的马背上的亡魂。

我给你我的书中所能蕴含的一切悟力，以及我生活中所能有的男子气概和幽默。

我给你一个从未有过信仰的人的忠诚。

我给你我设法保全的我自己的核心——

不营字造句，不和梦交易，不被时间、欢乐和逆境触动的核心。

我给你早在你出生前多年的一个傍晚看到的一朵黄玫瑰的记忆。

我给你关于你生命的诠释，关于你自己的理论，你的真实而惊人的存在。

我给你我的寂寞、我的黑暗、我心的饥渴；我试图用困惑、危险、失败来打动你。

扫一扫，听一听

坏婚姻，往往是这样形成的

文 / 李月亮

Hi，X 先生：

昨天你老婆来找我咨询了，因为你们的婚姻让她苦不堪言。

你们下班后都不想回家，回家后也基本一言不发。

必须说的话，一开口就变成吵架。

一大堆问题没法消化。

坏情绪越积越多，只等爆炸……

她很苦闷，想必你也是。

家应该是太阳味儿的，谁愿意苟活在垃圾桶一样的家里呢？

昨天你们又吵架了。

你想换辆车，因为做你这行，座驾代表了实力，你那辆破车有点掉价了。

老婆不同意，说你虚荣。你很生气，觉得她不可理喻。

类似的架你们上周也吵过。

那次你老婆想借给弟弟五万块钱，你坚决不许，说你们房贷还没还完。

老婆也很生气，也觉得你不可理喻……

很多很多类似的事，你老婆讲给我听，让我评判——到底是谁不讲道理，谁不可理喻?

我说你们俩都太讲道理，所以才把日子过成了这样。

她不理解，说:“我真的是特别讲道理的人。你看我弟弟结婚买房，我当姐的借五万块钱是人之常情啊！他这都干涉，多么自私。没几天他就要换车，既然房贷压力大，凭什么又要砸二十万块钱在车上？”

她说得非常有道理。

当然，我也替你说话了：“换车是事业需要，跟虚荣心没关系。可能换了车多谈成几单生意，这钱就出来了。”

你老婆说：“但是我心里不平衡啊！你没见我弟弟要借钱时他的态度有多恶劣。既然他只想着自己，我凭什么要考虑他？”

我感觉到了一种积重难返的绝望。

你老婆说："我知道夫妻之间出了问题应该去沟通，但是他油盐不进，根本没办法沟通。"

我想你心里应该也憋着一模一样的话。

"无法沟通"是你们以及无数感情不睦的夫妻的最大问题。

造成这个问题的，是对"沟通"这件事的误解。

人们总以为，所谓沟通就是把我的想法告诉你，让你理解我，却忘了沟通的另一半，是听听对方的想法，去理解对方。

双方都带着嘴，也都带着耳朵，这才叫沟通，才可能有效。

而你们都是把耳朵捂得严严实实，只顾自己哇啦哇啦拼命说。你说你的，她说她的，说了半天，毫无作用，还都气个半死。

更可怕的是，天长日久，你们都得出所谓的结论：对方不可理喻。

于是你们不再沟通，坐等问题激化、关系恶化。

坏婚姻往往都是这么形成的。

要解决问题也简单：听对方说话。

这五个字，是很多看似得了绝症的婚姻的灵丹妙药。如果两个人都能做到，婚姻关系起死回生的概率将大增。

你可能在想：哪有！我听她说话了，但是她说的都不对。

嗯，问题就出在这儿。

我说的“听对方说话”是放下自己的一切立场，不抵触、不叛逆、不带任何情绪地听。

当她说话时，你必须告诉自己：她很可能是对的，起码，她有她的道理。

这样，你才能听见她在说什么。

当她说要借钱给弟弟的时候，你就会明白，她的意思是：我也知道家里有房贷，但弟弟有需要，我不能袖手旁观，否则心里过不去。我宁可委屈自己，也不愿弟弟为难。抱歉也牺牲了你的利益，但我们是最亲密的人，希望你能理解我。

如果你听懂了她的意思，就不会简单粗暴地用一句“房贷还没还完，干吗借钱给他”来一巴掌拍死她。

同样，当她用心听你说话的时候，也会明白，一辆像样的车对你有多重要，那是给客户的定心丸，是刚需。她就不会质疑你虚荣，否定你的决策。

你知道吗，无数走入绝境的婚姻，都是从听不到对方说话开始的。

当她说袜子不要乱扔的时候，你心里想的是，这有什么啊，何必在意这种无所谓的小事儿?

人都有自己的判断标准，尤其是在家庭琐事上，常常自作主张地

觉得“我是对的，你跟我不一样就是你错，我才不听”。

所以，你根本就没去听她说话，也不知道她对家里整洁度的标准比你更高，更不知道她每天给你捡袜子时有多烦躁。

所以她说了一遍又一遍，而你从始至终无动于衷。

相信我，没有人能忍受自己“一句话说了八百遍，却跟没说一样”。

你以为只是一件小事，她却已经到了崩溃边缘。

你想想，如果她真的那么在意这件事，如果这件事已经对你们的关系产生了很大影响，你配合一下又何妨?

把袜子放到合适的地方，没那么难吧?

你不是做不到，是觉得没必要做。因为你就是觉得自己绝对正确，对方无事生非。

这种心态下，她说一百遍、一万遍，说得再清楚、再大声，你也听不见她的话。

于是问题永远得不到解决，于是她报复性地也不听你说话，于是你们的关系进入恶性循环。

类似的情况特别多。

你说“不要在朋友面前对我吆五喝六”，她听不见，觉得这有什么，死要面子！

她说“结婚纪念日我们要好好庆祝”，你听不见，觉得多大事儿啊，瞎折腾啥！

你说“别拿我和别的男人比”，她听不见，觉得你不但窝囊还玻璃心。

她说“我上班也辛苦，回家你多带带孩子”，你听不见，认为女人带孩子天经地义。

你说“对我家的亲戚稍微热情点”，她听不见，心想我讨厌他们，凭什么强装笑脸？

她说“你不要跟别的女人太暧昧”，你听不见，想着我又没出轨，聊聊天怎么了……

你们拼命地要求对方“听我说”“听我说”，却死都不肯听对方说一个字。

这样的日子，怎么可能有默契、有恩爱、有半点幸福感？

这样的夫妻，就算最后白头偕老，也不过是凄凄惨惨戚戚地凑合一辈子。

要想改变，最好的办法就是：当分歧出现，必须放下自己的抵触情绪和固有观念，先预设“他很可能是对的”，然后诚恳地听他说话。

希望你们都能做到。

其实这特别简单，无非把“你听我说”变成“我听你说”，然后把对方的话一句一句听进心里，把你们之间的垃圾一袋一袋全部清理掉。

这样，你们的婚姻才会从一个令人生厌的垃圾场，慢慢变成温暖美好的小天堂。

加油吧！

扫一扫，听一听

不要最终输了人品和格局

文 / 北辰

弟妹：

你好！

我见过你四次。

第一次是你们装修房子。你是最后开始装修的几户人家，终日刀砍斧斫，不分昼夜，遭到很多邻居的投诉。我们是离你最近的人家，却是最后一个忍无可忍才去敲你家门的。

老人心悸，整夜不眠。妻子善意地提醒：“太晚了，我们明天再干行不？”

你冷冷哼了两声："谁让你们先搬进来啊？装修就这样，谁先装谁先住，谁先住谁倒霉。"

一句话，把一向和顺的妻子顶了回来。

她说，和你讲不明白道理，就不自取其辱了。

有一种人的三观很可怕，眼里没别人，唯我独尊，仿佛自己是主宰世界的神，却没考虑到你是生活在人群中。周围的人都不舒服，你又能舒服多久，自在多久？

我们经常提到社会支持系统，其实说的就是你的个人魅力吸引的磁场。温暖的人自然营造的是温暖的磁场，吝啬之人吸引的也是贪婪的磁场，那么强势的人，周围自然就充满了敌人。

有时候你看似眼下占了便宜和上风，却长久地输了人品和格局。

第二次见你，是你们搬家来的时候。

那天清晨六点多，你高亢的嗓门撕碎了半个小区的寂静，有长达半小时的时间，你一边提醒工人小心点，别磕坏了你的红木家具，说他们把命搭上也赔不起，一边声色俱厉地数落怯怯地跟在你身后的老王，说他手脚不利落，办事慢吞吞。

那个清晨我们被吵醒后趴在阳台上看到的一幕，你俩像极了一只终日呐喊的无脚鸟和一只缩着头的乌龟。

不难看出，你是一个雷厉风行、忙里忙外的女人，心没少操，罪没少遭。可是有些人只因为不够宽容、不够温暖，一下子就把整个世界变成冬天，冷风萧瑟，寒凉逼人。

面目狰狞地当众数落自己的男人，是多么愚蠢的行为！那会让你看起来特别丑，尤其是在你男人的眼里。

第三次是你们的孩子在院子里抢了其他小朋友的玩具，并把想夺回玩具的孩子打伤。

你隔着门大声拒绝了对方家长让孩子道歉的要求，并气势汹汹地把对方怼了回去："你家孩子窝囊，大人跟着凑什么热闹！孩子的事，他们自己解决，我们大人不管！"

家长自己不够好，难以教育出一个好孩子，身教永远重于言传。

我不知道在你身后那个有恃无恐地也在骂骂咧咧的孩子长大后会成什么样子，妈妈给他的力量也许足够强大，可他会用这样的力量去摧毁一切还是建立?

建立需要日久，而摧毁只需当下。

第四次就是昨晚了。

你哭着来砸我们的门，进了门就哭得昏天暗地，咒骂着万万没想到，一向缩头缩脑、大气不敢出的老王居然出轨了！居然！他……

你很委屈，很疯狂，很不理智。

我却很平静。

这在意料之中。

虽然平时几乎没有联络，我们也并不喜欢你，但是在这样的时候，你能来敲我们的门，说明两个问题：第一，你真是没什么朋友和闺密；第二，你对我们家人的印象还不错。

妻子听你哭诉，我实在听不下去，点了根烟，出了门。

有的女人，别人越宽容，她越以为自己永远是对的；别人越珍惜，她越有了恣意妄为的资本。她们从不经营婚姻，却不知道在哪里获得了谜一样的自信和安全感，总觉得自己不会失去；无须给予，却永远是收获的王者。直到一切土崩瓦解，才发现自己无法承受。

那天我出门后，碰到了在楼道里默默大口吸着廉价烟的老王。

“打扰了！见笑了！”老王憨直木讷，尴尬地说着。

我递过去一根烟，他瞅了半天，说很贵吧，然后续上。

“你也不用劝我了，都是男人，我是真觉得日子过得苦。有人了，是我不对。她知道了，也不是坏事，我反而解脱了。”

老王比我还小几岁，却一直老气横秋，一脸哀怨。

但是那天说出“解脱”二字时，他的脸上分明呈现出从未有过的舒展。

老王说你们结婚的时候，你家里不同意，你也不同意。

他凭着自己的倔劲，没少给你家出力，没少在你身上用心。终于你嫁了，他以为他成功了。

结婚后，你从来都是女王范儿，他洗衣服、做饭、带孩子、挣钱。

你会因为一根葱吵，也会因为一根头发叫，他和孩子常年心惊肉跳。

你不去看他父母，觉得和乡下人没啥说的。你严控他的零花钱，觉得男人有钱就变坏。

他说他一想到回家就头疼，有时一看到你心都哆嗦。

他出轨的对象是小区里的保姆。

两人第一次接触，是你第 N 次把老王赶出家门让他反省自己不知道错在哪里的错误。那天下雨了，他就跟一只流浪狗一起待在楼道里。一楼家的保姆小姑娘忘了带钥匙，也在那儿等。

女孩说，经常看见老王在那儿抽烟。老王说他也常看到女孩被雇主骂。

说着说着，两颗心就走近了。

他们的世界似乎是同频的，是弱者间的惺惺相惜。

出轨当然无论如何都是不应该的，我批评了老王。但是我内心知道，不能太高估人性。有时候，因为太冷，人会特别渴望抱团取暖。要冻死的人，是不怕烫伤的。

昨夜，两个男人在楼道一个说，一个听。

两个女人在屋内一个说，一个听。

老王一肚子委屈，你更是。

你不明白为什么自己一心一意为家操劳，付出这么多、贡献这么大，却换来这样的结局。

你为什么这么倒霉这么惨？

对，就是有一种女人，付出再多、贡献再大，也得不到感恩，不会有回报。

你就是这一种。

我没有未卜先知的能力，但之前的四次相见，每一次你的横冲直撞都让我猜到了今天的结局。

扫一扫，听一听

有一种关系，不是母女，也不是天敌

文 / 李月亮

亲爱的姑娘：

你和小辉快结婚了，我也即将成为你的婆婆，心情有点复杂，所以写这封信给你。

记得二十八年前，我生下小辉不久，同事带女儿来玩。我跟她说：真羡慕你可以当丈母娘，而我不得不做个婆婆了。

她心领神会，幸灾乐祸地说："是啊，你就等着吧！"

那日的场景依稀还在眼前，忽然之间，这一天就到了。

相信你也知道，婆媳可能是世上最微妙、最难搞的关系，要皆大欢喜，殊为不易。

而我又不是个会玩手腕的人，年轻时就因为太实在，很不受我婆婆待见。

也正因为做媳妇时就深受婆媳关系困扰，我实在不想做了婆婆再搞不好婆媳关系，所以，特别想跟你聊聊。

以下几件事，是我的想法，咱们探讨。

第一，我们不想和你们住在一起。

首先，特别感谢你来到我们家。

结婚对任何女人都是重大的事，你并不是别无选择，但最后决定嫁给小辉，说明你深爱并认可他，我为此心怀感激。

当然，儿子结婚，对我们来说也是大事，因为我们的生活也将发生巨变——

要从三口之家变回两口之家了。

虽然很不情愿跟儿子分开，但我知道年轻人都喜欢自由，需要有自己的空间。两代人住在一起，我就算只是当个买菜做饭的保姆，也会碍眼，也会侵扰到你的生活，让你有所不适。

何况，我也并不想做保姆。

我和小辉爸这几十年都并不轻松，马上要退休了，我们想享受一下晚年生活，去旅行、学画画、跳广场舞……这些年我们心里埋藏了很多愿望，现在不去实现，以后怕是就没机会了。

所以你们结婚后，咱们就各过各的好日子，是互不干扰的一家人。

如果你愿意来我家玩玩坐坐吃顿饭甚至睡一晚，我自然非常欢迎，你们天天来我也不会烦。

要是你工作忙，或者因为其他不常来，我也绝无意见。第一，你完全有权安排自己的时间；第二，如果我的家让你不适，那我起码有一半的责任，我会反省自己，而不是怪罪你。

第二，咱俩的关系不是母女。

这么说可能有点不近人情，但我犹豫了一下，觉得还是说清楚比较好。

虽然你喊我一声妈，我也愿意尽量把你当女儿对待，但咱们还是得尊重事实。

事实就是：我不是你妈，你也不是我女儿，我没生你、养你，除了给你一个老公和一点彩礼，没付出过什么。

在认清这个事实的前提下，我会摆正位置，不会要求你对我像亲妈一样亲热，更不会奢望能在你心里跟你妈平起平坐。你对亲妈比对我更好，给亲妈的礼物比给我的贵重，回娘家的次数比来我这里更多，甚至你不太习惯喊我妈，这些都是人之常情，我完全理解并接受。

不过同时也请你体谅，在我的内心里，也很难做到把你和小辉一视同仁。他生病，会比你生病更让我心疼；他升职加薪，会比你升职加薪更让我开心。所以在有些时候，我可能会不经意地流露出一些对他的偏宠，让你伤心失望，这一点真是对不起。

不过如果你们发生矛盾，我会尽量一碗水端平。就算更爱儿子，我也绝不会姑息他的错。他有顽谬之处，我一定批评教育。

当然，你在我心里也相当重要。因为你和我儿子是一家人，将来还会是我孙子的妈，这让我可能一辈子都要跟你紧密相连、休戚与共。

说直白点，我就算腰缠万贯，到了躺在病床上话都说不清那天，大概也还得要你去帮我付医药费。所以我非常愿意对你好，把你当成儿子以外最亲近的孩子来照顾、疼爱。

值得庆幸的是，我们这段时间相处得很不错，所以到目前为止，我心里对你，基本没有婆媳之间天然的敌意。

这很不容易，我为此开心，但不敢掉以轻心。以后的日子我会谨慎地保护好和你的良好关系，万一有本能里的敌意涌上心头，我一定会尽力克制。

我也特别希望你别把我当敌人，如果你愿意多喊我几声妈、多关心下我的生活、多跟我说点知心体己话，我心里一定会美得开花。

第三， 我不会干预你们的生活。

我们这代人是大家族制，我的婆婆又格外强势，当年我几乎完全是在按照婆婆的意愿过日子。

很多事情我到现在想想还是糟心，所以绝不想让你和小辉再受我那份罪。

我会明确地分清楚“我们”和“你们”——我和我老公，是我们；你和你老公，是你们。我们怎么过日子是我们的事，你们怎么过日子是你们的事。

我绝不会干预你们怎么花钱、怎么吃饭、怎么分配家务活，以及家里干不干净、周末睡到几点、请多少朋友到家里聚会……

这些都是你们的私事，我无权插手，顶多给一些建议，比如吃得健康些、别过度熬夜、对未来有一点规划……当然，要不要听，还是你们定。

需要特别说明的是，我很注意从小培养小辉独立，我跟自己老公的感情也一直不错，没有把全部的爱投注到孩子身上，所以，我们的母子关系还算健康——彼此深爱，但并不依赖。

也就是说，你嫁的不是一个妈宝男。这一点请放心。

只是，毕竟我养了他快三十年，他习惯了有些事情跟我沟通和商量，我也习惯了给他建议。

所以偶尔，你可能会觉得他习惯于听我的话。

如果你因此不愉快，我非常抱歉。但希望你知道，这只是习惯使然。等他真正意识到自己已经有了新家，你才是他最亲密的人，他自然就会跟你聊得更多。

虽然旧恶势力从来都不愿意主动退出历史舞台，但这一次，为了我们的良好关系，我还是会多多提醒儿子：凡事多跟你商量，我们的意见仅供参考，他最后还是要以你为重。

第四，我们的责任义务。

照通常的观点，一个人十八岁以后，就应该为自己的一切需求买单了。

但中国文化更有人情味一点，一般父母会养孩子到他有了新家为止。

那么，我们在给你们买好房子安好家之后，义务也就彻底尽完了。

理论上讲，你们结婚后不管遇到什么困难，都得靠你们自己解决了。

当然，如果确实需要我们帮忙，不管是钱不够花还是孩子没人带，我们一定不会坐视不管。只是希望你知道，帮忙是情分，不帮是本分。万一我们有什么特殊原因没能做到，希望你不要责难。

同时，我们也不会对你们有过多要求。

我们的收入还可以，消费也不高，所以钱够花，不需要你们的赡养费。

我们的身体也还健康，十年二十年之内应该都能自理，所以暂时也不需要你们照顾。

我们尽量、尽量，不给你们添麻烦。

我唯一的希望，就是能和你们愉快地相处到老。到我们老迈无力那天，床边有儿女承欢，耳边有笑语环绕，我和你心无芥蒂，亲如母女。

如果最后真是那样的结局，我会由衷地感谢你。

说得有点远了，其实现在我们还站在起点。

前路漫长，亲爱的姑娘，一起出发吧。

扫一扫，听一听

你娶的人，是我的命

文 / 北辰

大山：

你好！

这是我虚拟的名字，算是一个代号吧。

不管到时候出现的男孩子叫什么，我都希望你挺拔伟岸得像山，也能有山一样的分量和担当。

因为大山可以经历风雨，电闪雷鸣、野火焚烧、草木枯荣，岿然不动。

因为你们以后的婚姻也一样会经历很多事，甚至可能是我们绞尽脑汁都无法预判的事。

婚姻是在人生路途中一段旖旎而温暖的风景，这条路却没那么简单好走。

看着女儿一天天长大，该谈婚论嫁了，我却开始担心。我想，没有舍得放手的母亲，也没有百分之百放心的父亲。

我不敢想象，那个被我捧在手里怕摔了、含在口里怕化了的娃娃，有一天会离开我。

我们在熟络之前，似乎应该是天生的假想敌。

我不知道未来的你会在哪座城市甚至哪个国家，但是我们千万个舍不得，也绝不会自私地把你们留在身边，你们要在哪里生活，你们自己决定。

她可能远嫁他乡，甚至可能隔山隔水地远渡重洋，我们可能一年见一次面，或者几年见一次面，我可能漂洋过海也只为了再抱抱她，看看她调皮的笑。

而“抢”走她的是你。

我似乎可以预知，这个顽皮的小丫头，这个敢爱敢恨的女孩子，应该会义无反顾地跟你走，所以到时候就算我没那么喜欢你，也绝不会反对，虽然你是我心中的“敌人”，却是她的爱人。

你会给她幸福。

不仅仅是爱，还有太多。你能给她的，我给不了。

你知道吗，我对你的感情是复杂的，她和我们在一起才二十几年，却可以把以后的那么多年都给你。

这多残忍并让人严重羡慕嫉妒恨。

人生是一场接力长跑。小时候我们养女儿，到了上学的年纪，这一棒就要交给老师；参加工作，这一棒就要交给领导；结了婚，这一棒就要交给你了。

我逐渐衰老，跑不了那么快，也跑不了那么久。

而你年轻、强大、有速度、有激情，你一定能牵着她的手，继续奔跑。

当然，你们慢慢地行走，用赏花闻香的惬意去行走，我也是支持的，终点就在那里，不必太匆忙。

只要你一直牵着她，绝不放手，就好。

在最初的日子里，我和她妈妈也一定会继续担心。

虽然把她交给你了，但请你理解和允许我们的念念不忘、唠叨牵挂。

你一定要定期主动告诉我们，她好不好，你好不好，你们好不好。

我们会担心她加班回来会不会饿，半夜蹬被子有没有人给她盖，发脾气你会不会宽容，生气了你会不会懂得……

当然我知道，你的妈妈也在担心着同样的问题。

现在的孩子都被照顾惯了，自理能力都不太好，这是我们做父母的责任。

但你是男人，所以我恳请你多担待、多付出一些。

因为你该是大山，厚重且包容。

当然我们也绝不会结束对女儿的教育。以前她面对的是父母，做的是女儿，而现在做的是别人的妻子和儿媳，有太多的角色变化带来的责任和义务，需要学习和适应。

我们会告诉她：学会去爱对方，去营造一个温暖的家；去为对方付出，考虑对方的感受；知道你喜欢的口味，孝敬你的父母，融入你的家庭；尊重你的隐私，善待你的朋友。

这样想想，她要做的事还真不少。万一做不好，你给她些时间，你也可以教教她。但你要记住，对事不对人，永远不要恶语相向、残忍中伤。

当然，这些问题你也同样要遇到，要学习，要解决。

其实，婚姻就是一同成长和影响的过程，没有模式，只有默契；没有对的，只有适合。

对了，忘了告诉你，我们不会给你们很多钱。

作为嫁妆，我们有一对她外婆传下来的手镯，是翡翠的。至于真假、成色，我们没考证过，也不想考证。这也是她妈妈当年嫁给我时的嫁妆，我们都很喜欢，和价值无关。我们都知道无论何时也不会卖，所以值不值钱就不重要了。

我们还会给你们买一辆车，一定不会名贵。我和她妈妈想买一辆小型商务车给你们，因为女儿喜欢宠物、喜欢孩子，我们想着，你们也许会养猫猫狗狗和至少两个孩子，到时候一家子坐着宽敞。

我特别向往你们去自驾，在海边暮色里，你点燃篝火，烤着亲手打捞的鱼，而我的女儿坐在火堆边，带着欣赏和爱慕的微笑。远处是你们的儿女在嬉闹追逐，身边还有淌着口水的拉布拉多……

呵呵，说着说着就说远了，其实这也是我们的梦想场景。当然如果你们到时候愿意带上我们两个老家伙，我们会特别开心。那时，火光映照下，就会多两个连皱纹都乐开花的老人。

其他没什么能给你们的了，我们是平凡的家庭，有一些积蓄，我们留着养老。因为绝不会给你们增加这方面的顾虑和负担，为此，我们也会把身体养得棒棒的，不能让你们在忙碌的工作中，惦记我的血压、她妈妈的心脏。

你们成家后，我们就把对女儿的疼爱转化成对自己的爱，因为少让你们牵挂，才是真正的爱。我们得做一对懂事的老人。

我们同样不对你们家做任何要求。想给的，是你们的心意，我们和女儿都感激。

我们绝不要彩礼，因为多少钱也买不走我们的女儿。

我也特别希望，你来娶我女儿时，是凭你自己的实力，而不是靠父母。他们也不容易，养儿是义务，但娶妻是你自己的事，我欣赏自己有多大能力就办多大事的男人。

如果你的父母一定要给，就存入你们两个共同的账户里，留着过日子用吧。

很多老人担心女儿，甚至对自己的养育都感觉委屈：凭什么我们养大了的宝贝拱手给人家了?

我们不这么想，如果你能爱她，如果能长久，真的比什么都强，再多的物质也买不来幸福。

人如果不在，爱如果远了，留下房子和财富又能如何呢?

所以，我们会让你们尽量轻松地相爱、自由地生活，完全不用考虑你们以外的事情。

我们也会疼爱你，对你视如己出。

其实我是有点重男轻女的，不过那仅限于年少无知、我的女儿出世之前。

我想，也许每个男人都曾经有过当一个男孩的爹的梦想吧，你或许也会有。

不过我给你打个预防针——真的都一样。甚至当我女儿，也就是你媳妇儿到来以后，我才真的知道我错了。女儿的好、和爸爸的微妙感情，真是说不完。如果到时候你和我一样有幸有了一个女儿，你就能体会了。

你们结婚，你就是我们的儿子了。这真好，我们也有儿有女了。

到时候，如果我身体还可以，我想和你打场篮球，把你打个落花流水，用这种方式。一泄私仇，说到底，你还是抢走我女儿的“元凶”。

我还想给你讲讲我和孩子她妈的罗曼史、相守经，告诉你我们犯过的错、吵过的架，也告诉你我们现在珍惜眼前的日子，多么后怕当初万一不坚持……

谁的日子都一样，跌跌撞撞满是伤，但这就是生活、就是日子，你们千万别想得太美。

我们一定会把想象中应该对儿子的爱都给你，不过可能不是钱，而是做人的道理和方法，是格局和视野，是胸怀和气度。这些对男人而言，比命还重要。

说完这些，我有点释怀了，也很安心。

我想，你叫我爸爸的时候，我应该很幸福。我也希望你们做温暖的人，过幸福的日子。

因为温暖，所以不会老得那么快；因为幸福，所以心态会特别年轻。

愿你和我的女儿相守多年，她依旧是少女，你依旧是少年。

扫一扫，听一听

和我不可能有未来的你

文 / 李月亮

余七：

遇见你之前，我已经快忘了世上还有爱情这回事，真是太久没有爱上过谁了。

日子冷冷清清，心里空空荡荡，明明活在红尘里，却寡淡得像个出家人。

而你忽然就来了。

我奇差无比的记忆力，清晰地记住了爱上你的那一天。

你坐在我对面，微微仰头，边说边笑，手舞足蹈。

我听着听着，就迷了心窍。

一定是发生了些什么。

比如你的眼神、笑意、声音、手臂的弧度……集体糅合成某种神秘的波段，恰巧接通了我的信号。

于是，你唤醒了我。

然后，我决定跟你走。

冷清惯了的我，就这样猝不及防地被爱情击中。

就像一个人走在下班路上，忽然一脚踏空，落入一大团彩色、柔软、奶油味的棉花云里，周身又暖又甜，喜悦从骨头里渗出来，想藏都藏不住。

一想到你呀，全世界就开满玫瑰色的花，心里头有个小人儿，时时刻刻在笑。

不知道是爱情还是你，赋予了我奇妙的超能力，让我每一个细胞都轻盈，每一寸肌肤都柔软。

让我能看淡所有的不欢喜，能原谅所有的不如意。

你一定不知道，遇到你以后，我一个人，设计了多少场我们的未来。

我想过去见你爸妈，送昂贵的青瓷花瓶给他们。

想过带你拜访我的大学老师，听她怎么大力称赞你。

想过和你在海边举行婚礼，请一大堆人，我们戴同款草环戒指，和大家在沙滩上喝酒、聊天。

想过给你生两个女儿，她们都比我更爱你，也比我更喜欢欺负你。

想过将来我们老了，找个有小院的房子，养猫养狗，种花种菜，朝夕相伴，把酒言欢。

想想啊，缱绻初夏，有诗有酒有花，有你陪我说话，阳光斑驳地晒着脚丫，时光懒懒地从阳台落下……

这是此生，我最想要的繁华。

然而这一切，大概也只能存在于我的幻想里。

那些妙不可言的细节，我可能永远没机会对你说起。

这世上有种悲剧，是我有我的未来，你有你的未来，而我和你，没有未来。

偏偏，我又那么不可救药地爱那个不可能和我有未来的你。

后来这段时间，我一直在想我们在一起的可能性。

想了一万种，又否决了一万种，条条都是死路。

你知道那种黑吗？

像一个被困在猎人陷阱里茫然无助的小兽，一心想寻一线光、一条生路，但左奔右突、上蹿下跳，折腾得筋疲力尽，却找不到半点希望，最后不得不垂下头，认了命。

而你，是让我认命的最大力量。

你从没直接说出口，但每一次都用比语言更有力的姿态和行为让我知道：不可以。

是的，你不爱我。起码，不够爱。

这一点我始终特别清楚，却始终不敢承认。

我太难爱上一个人，所以一旦爱了，就死也不想放手。

我就是这么贪婪、懦弱、愚蠢而自欺欺人地爱着你。

我拼命骗自己，假装你爱我。

但是你一次次地揭穿我——

你常常不回我的消息；

你说来就来，说走就走；

你好像不时会忘了世上还有我这个人；

你好像，随时会爱上别的什么人。

我每天顶重要的一件事，就是看你的朋友圈——

从你分享那首歌的曲风判断你的心情，从你发朋友圈的时间判断你的作息；

你转发的文章，我会一字不漏地看三遍；

你赞过的姑娘的朋友圈，我也翻了一遍又一遍。

真心累。

好长一段时间了，我就是看着你的脸过日子。

你一微笑，我天光大亮；

你一皱眉，我乌云压顶。

给我很多很多希望的，是你；

让我特别特别绝望的，也是你。

渐渐地，希望越来越少，绝望越攒越多。

我这头困顿的小兽，除了离开你，也别无选择了。

想到这辈子不能和你在一起，我总是瞬间胸闷到窒息。

你让我特别清楚地知道了心碎的感觉。

有点像西红柿摔在地上，一声闷响，红色的汁液四溅，乱糟糟地疼，整个世界一片狼藉。

只是，再疼也得忍住，我知道。

一个人忍，一个人熬，一个人从泥坑里爬出来，艰难而狼狈地等着明天的太阳。

这就是爱错了的代价。

也许吧，成年人都该学会衡量利弊，说什么不顾一切拼死去爱，都是傻话。

世间有多少爱恋欢喜，最后都变成了一声叹息；

多少心心念念的你，最后都后会无期。

总有一些离开，是必然；

总有一些爱着的人，要颤抖着说再见。

深爱而不得的，肯定不只我一个。

那么今天，请允许我勇敢。

亲爱的，既然未来不可期，那我就爱到这里吧。

一定会有更好的姑娘，替我来爱你。

但你最好别让我知道。

我曾倾尽心力去爱你，费尽心思求结果，说实话，没料到最后是这样收场。

我有遗憾，但是不后悔。

这一段时光，有你在心里，我不虚此行。

也许我以后的日子会比从前更冷清、更空荡，但是不要紧，习惯就好。

我也会一直记得，爱上你那天，你微微仰头，手舞足蹈，边说边笑……

是的，春风再美也比不上你的笑，没见过你的人不会明了。

是的，你的好，我可能永远忘不了。

但是不管怎样，这辈子，失陪了。

愿终究不属于我的你，今生今世，一切都好。

扫一扫，听一听

她爱你，你爱她，她却爱着他

文 / 北辰

用力爱了很多年的你：

不能否认，这个世界上你爱她，而她也刚好爱着你，是一件挺不容易的事。

她能一直爱你，你又一直爱着她，更是人间最难得一见的奢侈品。

辗转流年，你见过太多耳鬓厮磨和分分合合，很多美好的场景也仅停留在想象中。

你爱她十二年，整整一个生肖组合的轮回。

这十二年，你从一个少年变成青年，又从青年变成大叔。而她依然岿然不动，你没能感动她，没能改变你们之间的关系。

你们很好。

友情以上，爱人未满。

高一，你经常在后座尽量伸长脖子，去闻她偶然甩头发抖落的洗发水味道。

上体育课，她捂着肚子弯下腰那一刻，你一定会端着热水出现在她身旁。

整个高中三年，你看得最多的，除了黑板就是她。

你见证了她含情脉脉地盯着另一个帅气的男生，她为篮球场上的他喊得声嘶力竭，你依然会递上一瓶水，听她头也不回地说声“谢谢”。

后来，你开始为她在图书馆占两个座位，给她和她的他。

你甚至托人去买两张演唱会的内场票，送给她和她的他。

你在夜里扇过自己一记响亮的耳光——傻子，你这是在干吗？

老师和家长严厉打击早恋，整齐划一地统一口径，说会影响学习。

而你刚好有力地打击了这一言论。

你那时成绩一般，但是她很好，而且被保送了重点大学。

你为了和她去同一座城市读同一所大学，几乎使出了吃奶的劲儿。

那段时间，每次快要坚持不下去的时候，你脑海中就会浮现你们一起携手在大学校园里漫步、在图书馆里自习的画面，还有……

你就会平添无限动力，跟打了几盆鸡血一样无坚不摧。

你拿到录取通知书往家走的时候，门口的理发店刚好响起汪峰的歌——至少有十年，我不曾流泪……

你就触景生情，几乎荒废了十年的学业，居然因为一个女生，你成功了。

只用了最后一年半的时间。

但并不是所有的故事都可以梦想成真。歌里也唱了，童话里都是骗人的。

她爱的那个男生为了自己的梦想，考到了另外一座很远的城市。

你和她近在咫尺，却没有得天独厚、近水楼台。

因为你爱着她，她却爱着他。

近处无风景，只因爱在他乡。

她几乎每个月都去他所在的城市，几乎每次回来都会生病，也许是水土不服，也许是舟车劳顿。

这时候你一定会在，会寸步不离地去疗愈她身体上的痛，也等于把刀子一下下往自己身上扎。

你也曾想过，不再把这份感情咽下去。

你无数次冲动之下想一吐为快，管他结果如何、何去何从，至少自己不再压抑。

可是你比谁都清楚，她爱的那个人，不是你。

终于等到毕业了，你问她会选择哪座城市。

很简单，她在哪里，你就会在哪里。

她的答案如你所料：当然是他在哪里，我就会在哪里……

然而，他果断选择了出国。

一个人，三年。

她决定留下来读研，当然这也毫无悬念地成了你唯一的选择。

你陪她去机场为他送行，她哭得稀里哗啦，你却笑逐颜开。

接下来的三年，你有更多时间陪伴在她身边，更加无微不至、有恃无恐地对她好。

有同宿舍的哥们儿帮过你的忙，对她暗示："你难道看不出来他对你好了这么多年？"

"当然知道啊，他是我老铁，比我亲哥还亲的哥！你们羡慕吧？"她说完，还一脸骄傲地扯着你的衣袖问你是不是。

你咬牙切齿地说是。

你还能怎样？

后来，她失恋了，因为他失联。

三个多月，她打不通他的电话，联系不上微信，整个人杳无音信。

两人再次联系的时候，他说自己和一个潮州女孩恋爱了，而且，那个女孩怀孕了。

后来她了解到，那个女孩的父亲在美国是商业巨头，拥有全美最大的华人商会，给他铺平了未来甚至一眼可以看到死的路，和可以花到死的钱。

知道这个消息时，你刚好在给她买五毛钱一根的老冰棍。

她一口一口疯狂地啃着，眼泪哗哗地掉，像融化了的冰棍。

她头不梳、脸不洗地过了半个月，瘦了一大圈。

那段时间，你学会了煮各种营养粥，煲各种养生汤。

突然有一天，她大呼饿，要吃 KFC，你给她买了一个全家桶，她几乎都吃完了。

你就傻呆呆地看着她雀跃着离开。

又过了半个月，她说她恋爱了，让你祝福她。

那个男孩也刚刚失恋，他们是社会实践时认识的，才三天。

才三天哪！

你不认为他们会幸福，你觉得两个急需救命稻草的人，谁都没有能力拯救谁。

但是他们相安无事地爱了两年，她居然在研究生毕业那一年，前后脚领了硕士文凭和结婚证。

你的爱早已经散去，但是关注从未停止过。

她过得好不好，似乎是你的责任，虽然你自己都不清楚，这是谁安插给你的。

她结婚后，你们鲜有联系。上个月去她在的城市出差，你约了她。

“好久不见。”你们几乎同时说了这句话。

而后你就搅和了半小时的蓝山，她也把自己的卡布奇诺搅成了一堆令人反感的沫沫。

“真丑。”她说。

“是的。”你说，“可惜了，好好一杯咖啡。”

人生哪，有时候就是这样，本来好好的，很有味道，却被我们自己走得一塌糊涂。

“我很好，你放心吧，去过你自己想要的日子。”临别前，她忽然对你说。

你忽然好想哭。

终于，她懂了。

终于，你听到你的青春呼啦啦地落下大幕，黯然散场的声音让人慨叹万千。

想必，你也该回去结婚了。

有一个女孩，等了你好多年。

那个一直铺天盖地地爱你、随时可以和你去拍婚纱照的女孩。

有时候，你固执独行，去追赶一段灼热，却忽略了身旁跟随的温暖。

直到她彻底离开，你的心停下来，回头，你才看到那触手可及的美好。

未必多么心动，却让你踏实、心安。

世间最美是心安。

扫一扫，听一听

你不是给单位加班，而是给人生加油

文 / 李月亮

Hi，亲爱的姑娘：

刚才，我在朋友圈看到你略带悲伤的戏谑：

宇宙不爆炸，我们不放假。

地球不重启，我们不休息。

国庆加班，不过中秋。

全心全意为人民服务。

前面两句是去年的段子了，乍听很好玩，细想还蛮悲壮的。

所以我很理解你最后那个哭笑不得的表情。

马不停蹄地忙了大半年，谁不想停下来歇歇呢？

去传说中的远方看看青山黛水，吸吸新鲜空气。

回家吃几顿老妈做的饭，听她在饭桌上聊聊家长里短。

拉着男友或者闺密逛逛街，在甜品店闲坐一个下午。

或者什么都不干，只窝在家里听着音乐葛优瘫，也是极好的。

但是，你不能。

你这一行，平时忙，假期更忙。像别人那样好好休个假，几近妄想。

所以，在人家懒懒赖床慢悠悠吃早餐，再溜达出去看个电影的日子，你依然要迷迷糊糊起床，匆匆忙忙洗漱，再慌慌张张背着大包、拿着面包去赶公车、挤地铁。

看着身边悠闲的路人，你的心情可能有点颓丧。

或者，焦头烂额忙了一天，你吃着简易晚餐，看着朋友圈里闺密们美美的自拍、美美的下午茶，也会有一瞬间的迷茫，会面临一瞬间的灵魂拷问：我在干吗？为什么只有我在疲于奔命？这样的辛苦，意义在哪里？

你给不了自己答案。

你只知道，明天还是要按时签到，要极力把所有事情做好。

我也有过那样的日子。

身体疲累到头晕眼花，压力大到无以复加，恨不得地球立刻爆炸，全宇宙一起放假。

但是下一秒，我还是要按下疲惫，清空绝望，老老实实坐回办公桌前，把堆积如山的工作一点点啃完；还是要接过从天而降的艰难而复杂的工作，咬着后槽牙挤出一抹难看的笑，对领导说：好的，没问题。

那时候，我也不知道意义在哪里。

但是现在，当我熬过了那些疲惫和崩溃，站在人生的更高处，算是有了点了解。

正是那些辛苦，让我在单位、在社会、在这世界上有了微小但安稳的立足之地；

让我认识了更优秀的人，成为更优秀的自己；

让我可以平起平坐地跟别人说话，而不是只能仰着头听话；

让我拥有了过喜欢的生活的资本，具备了跟世界讨价还价的资格；

让我在依然不算轻松的日子里，有了一点点从容和自由。

所以，我很庆幸自己在二十几岁的年纪，顶住了很多压力、很多沮丧，一点点地让生活变成了喜欢的模样。

你可能听很多人说过：女孩子那么拼干吗？女人太强不招人喜欢。

但是这么说的人都没告诉你，这世上，大部分你想要的东西都是自己拼来的，父母给不了，男人更给不了。

比如纯粹的爱情，比如优秀的自我，比如强大的安全感。

这世界其实一点也不怜香惜玉，不会因为你是女人就网开一面。

不管你愿不愿意，最初萦绕你的粉红色梦幻终会散去，你必须修炼出金属色的质感，才有能力跟这世界周旋。

那些在最好的年纪里不矫情不脆弱，披荆斩棘冲杀出去的姑娘，才不至于因为男友买不起房而分手，不至于在爸妈生病时凑不齐几万元押金，不至于在孩子哭着要正版乐高玩具时生生把他拽走，不至于买一件几百块钱的衣服也要偷偷撕掉标签；才能在爸妈老弱时大大方方地说“我养你们”，才能在发现男人不靠谱时从从容容地说“你可以走了”，才能在面临各种烦扰时云淡风轻地说“我来搞定”。

今天的时间满档，赢得的是明天的尊严满格、安全感满怀。

值得。

其实那个“宇宙不爆炸我们不放假”的段子，后面还有一句话：

人生没有四季，只有两季。努力就是旺季，不努力就是淡季。

没错，真正的兴旺，都是努力换来的。

而我想特别强调的是，努力的效果，也分时段。

人的一生是个爬坡的过程。

十几二十几岁时最辛苦，因为你要给自己一个加速度。

前面发力越多，后面速度越快；前面多费点劲，后面就省很多劲。

所以，越早发力越受益。

三四十岁时攒够能量，七八十岁时才可以坐享其成。

否则你一定会悲哀地发现，前面浪费的时间，后面要十倍百倍地还。

人年轻时，穷点能将就，累点不算事。

最可怕的是越老越穷，越老越累，越老越没本事。

那种无助感和无力感，希望你一辈子不要体验。

所以，在精力充沛时选择辛苦和不自由，去交换老迈无力时的自由和不辛苦，是巨划算的买卖。

所以，如果确实有必要，多加一个班，少休一次假，并不是什么惊天地泣鬼神的悲剧。

你坚守的不是工作岗位，而是你的美好未来。

艰难的日子保持斗志爆棚，安逸的日子自会在明天等。

当然，希望你加的是有意义的班，而不是空耗时间给老板装样子，疲劳无功给自己撑场子。

还有，不管多忙，都要记得好好吃饭，好好睡觉。

记得下班路上买块芝士蛋糕犒劳下自己。

记得给爸妈打个电话聊聊你们的生活。

然后洗个热水澡，敷个面膜，安心睡吧。

脚踏实地的姑娘，一定会有幸福绵长的梦。

国庆快乐。

扫一扫，听一听

过节不回家？是为了让他们过得更好

文 / 北辰

在异乡拼搏的你：

十天前，写字间里到处能听见大家抢票的抱怨：唉！又没票了，继续努力！

茶水间里，你听到前台给妈妈打电话：“妈，我居然抢到票了，我可以回家啦！”

哥们儿跟女友在电话里甜了吧唧、腻腻歪歪：“亲爱的，想不想我……”

你悻悻地看着眼前为了过节回家而兵荒马乱的人们。

你羡慕他们的兵荒马乱，因为你不能回家。

你在策划组，每到节日，活动一堆、项目众多，乃兵家必争之时，越到这个时候你就越忙。手里案子如山，心里一团乱麻。

老爸腰不好，你惦记着；老妈前几天犯了痛风，你顾不上回去看。

哥哥的宝宝快满月了，你还没见到过这个小侄儿。

最好的哥们儿结婚，让你火速打飞的回去做伴郎，而你只能打个红包隔空扔回去……

你在洗手间里，忽然黯然神伤，有点委屈，也有点愧疚，好像欠了很多人，很多。

可是你唯独觉得不欠自己的，一点也不。

你觉得对得起自己，对得起这份灿烂的青春。

上学时你比谁都努力，出身寒微，你别无指望，也没想指望。

凭借自己的刻苦，你没让家里人操过心，自己一路考上大学。虽然是二流学校，也颇为不易。

业余时间你做家教、打假期工、背着用了十来年的吉他去酒吧唱歌。除了第一学年，你再也没让爸妈交过学费，甚至生活费也自己搞定。

大学几年，你只回过三次家。你舍不得放弃假期赚钱的机会，也舍不得回家的车票钱。

宿舍里的哥们儿带各自的女友去欢乐谷，你看了看两百多的门票，想都没想就放弃了。

他们回来后兴奋地聊了半宿，你只看了看他们和女友拍的让人羡慕的照片，就心满意足地睡去了。

其实你不去不仅仅为了省钱，还因为你没有女朋友。

你有点自卑，家境不好，怕人家看不上，再说也真舍不得请女孩子去星巴克喝几十块一杯的咖啡。

谈恋爱多费钱。你只是经常去图书馆给喜欢的女孩占个座，在她竞选学生会主席时默默地投个票，其他的，也做不了太多。

后来那个女孩和班里的富二代好上了，经常坐着跑车去三里屯。

最尴尬的一次，是你在台上唱歌，一抬头就看到了台下的他们。

鲜红的鸡尾酒，像极了那张嘲笑你的嘴。

那天，你默默地唱了汪峰的《存在》和《北京，北京》。

是的，如很多人一样，你艰难却坚挺地存在着。

北京是你的梦，小时候爸妈就说，一辈子的梦想就是走出山沟去看天安门，去看升国旗。

大学里，你最骄傲的一件事，就是攒了一个学期的钱，暑假带爸妈来了北京。

那个学年，你吃了三个月泡面，不舍得放调料，把它们留着搅和在晚上的白粥里。

你永远忘不了，老妈站在天安门的华表旁一脸满足，老爸在广场上原地转了好几圈。

那一刻，你觉得自己长大了，终于能为他们做点什么了。

其实你找工作的过程并不顺利。

在北京，每十个同龄人中，可能有至少两个硕士、三个本科生。

你知道自己没有背景，没有优势，只有努力。

你的第一份工作，是做调查员，每天要做上百份的调查问卷。

你去西单、王府井、三里屯，见到人就谦卑礼貌地去问："可不可以打扰你几分钟？"

可是人来人往、穿梭如织的北京多忙啊，你得到的回答大多是："对不起，没空。"

或者是话都懒得说的回避、躲闪。

你换了四份工作，才来到现在这个策划部门。

你不知有多珍惜。

虽然没有周末、没有假日、没有休闲时光，也依然没有女朋友。

虽然公司不大，策划人员还要兼着执行，你经常被甲方责骂。

那次音乐节，你几乎三天三夜没合眼，带着工人布置舞台，一切终于就绪。

演出开始，你瘫倒在台后睡去。

睡梦中，脸忽然火辣辣地疼，你惊醒后才发现，是“梦想成真”——

舞台的一个布景突然倒塌，差点砸到正在表演的歌手，甲方追到后台扇了你一个耳光：“你心还真大，出这么大的事，还在这儿偷懒睡觉！”

这不算什么，真的不算什么。你已经习惯。

没有人原谅，你也不需要原谅。有时候，结果更重要，没人问你的过程。

你就立志，早晚自己也要做甲方！

毕业四年多，你搬了五次家。

开始你是住在青年旅馆。和大学宿舍差不多，只是人更多了，从四个人变成八个人。

房间里终年飘荡着各种脚臭、狐臭和味道浓重的口音。

夜里，你几乎每个小时都会被出来进去的开门关门声、咬牙放屁说梦话的声音吵醒一次。

再后来，你和一个比较干净老实的室友一起合租了一个单间。

其实就是一个不到八平方米的小屋，差不多进门就是床。

你们的房间放不下两张床，两个大男人就一颠一倒，头对脚、脚对头地睡了大半年。

你依然没有摆脱脚臭的味道，因为半夜醒来，经常发现对方的脚指头都快插进你的鼻孔里了。

那会儿，你的梦想就是能有一间自己的屋子，有一张独属于自己的床。

你有了，终于。

你咬牙用三分之一的工资，给自己安了一个家。

现在的房间是自己的，你可以看书，可以写方案，可以想家，可以发呆，可以一个人安安静静地待着，什么都想，或者什么都不想。

你特别满足。

到目前为止，你最大的梦想就是：有个女朋友，带她去欢乐谷，也拍美美的照片给爸妈看看。

这个中秋，你不能回家陪爸妈。但你知道，你终将和他们在一起，让他们有一个美好的晚年。

又忙了一整天，你看了看朋友圈里别人晒的东南亚美食和欧洲的建筑，又心满意足地睡了。

窗外霓虹闪烁，光怪陆离，美好而灿烂。

这是你深爱的城市，这城市能给你故事。

拼搏的故事、执着的故事、成就的故事，最重要的，是独立和奋争的故事。

你依然没有节假日，但你依然眼里有光，未来无量，有梦想在身旁。

你从没失去信心。你相信终有一天，自己会被尊重、被在乎、被爱和关注。

一切都会有。

扫一扫，听一听

爸，你就安心做个孩子吧

文 / 李月亮

老爸：

自从六年前你得了阿尔茨海默病，就越来越像个小孩子了。

所以此刻，我心里的你，差不多就是个孩子。

吃饭会掉米粒，东西到处乱放，常常忘了洗脸，听不懂我们的聊天内容……

当然，你很听话，让吃饭就乖乖地坐在餐桌边等，让睡觉就马上起身去卧室。

老实说，这是我不熟悉的爸爸。

以前你可不是这样的。

记得小时候写《我的爸爸》，我的描述是：爸爸是个无所不能的人。我的玩具坏了，他三两下就能修好；我的东西找不到，他永远知道在哪里；我问多么古怪的问题，他都能告诉我答案……

可能在所有小女孩心里，爸爸都是神一样的存在吧。

他伟岸魁梧，力大无穷；他通晓天下，谈笑风生；他有一肚子故事，有数不清的朋友；他能解决一切难题，能应对所有意外……

所以，有爸爸在，天下太平，世界安宁，四海光明。

这就是你赋予我、让我受益一生的安全感。

我到这几年才意识到，这安全感有多可贵。

它让我一个人的时候不害怕，在遇到麻烦的时候不慌张，在最混乱的日子里，也相信自己可以掌控人生。

这些，我实在应该感谢你。

当然，你给我的，远不止于此。

我们这代人，小时候物质大多不富裕。虽然你和我妈收入尚可，吃穿用度还是要尽量节俭。

但是你只在自己身上省，对我和哥哥姐姐都很大方爽快。

我想要的东西几乎不用说，只要在商店里拉着你喊一声“爸”，眼睛瞟到那里，你就买了。

亲戚们常说你太宠孩子，你丝毫不觉得，说当爹不就应该这样吗？有时你还会反过来教导人家：孩子想要这点东西不过分，能满足就满足，别亏了孩子，别非得让她抱着你的大腿央求，孩子也有自尊心的。

很小的时候，你就会告诉我：咱家每个月的收入有多少，正常开销要多少，能给我的零花钱有多少，这些钱，我应该怎么花。

我从小没断过零花钱，因为你的观念是：会花才会赚。

过去我只当这是你宠我的借口，现在想想，你确实是对的。

我们兄妹三个，在物质贫乏的年代长大，但都从未觉得家里穷，没有匮乏感；都懂得要努力赚钱，也都舍得花钱，给自己、给别人。

这都是你和妈妈给我们的，比钱更珍贵的财富。

跟同龄人相比，你有很多超前的教育理念。

大概是因为你喜欢读书。

你是邮递员，年轻时骑马送信，常常送完信回来天都黑了，你借着月光在马背上看书，看得入迷。

到我们长大些，你就把看过的故事讲给我们听。

我印象极深：夏夜，我们一家人坐在院子里乘凉，天文地理、名著神话、家长里短，没边儿没沿儿地聊。

聊着聊着，妈妈去睡了；再聊一阵儿，哥哥姐姐也睡了。

最后只剩咱俩，木椅方桌，两杯淡茶，说个没完。

头顶繁星漫天，银河清晰可见。

夜风越来越凉，明月从东边走到西边。

你喝完最后一杯茶，说："咱俩也睡吧。"

那是我记忆里最亮的星、最美的夜，和最熟悉的你。

我就这样无忧无虑地长大了，而你，也这样无缘无故地变老了。

那个无所不知、无所不能的你，慢慢地、慢慢地，从超人变成了普通人，又变回了小孩子。

不知从何时起，我们开始探讨大人间的话题，你遇事开始征询我的意见。

你吃得越来越少，睡得越来越早。

你越来越希望我多留在你身边。

可是这些年，我在外面读书、工作，又从内蒙古嫁到济南，陪你的时间实在太少。

姐姐说，我结婚那年，离开家后，你一个人哭了好久，说这个千辛万苦培养大的女儿，是彻底飞走了。

这句话让我难过了很久。

我是个恋家的孩子，却一不小心走了这么远。这使我常怀悲伤，也觉得亏欠你和妈妈太多。

五年前，你身体不好，我和哥哥带你去北京检查。

医生最后说，你的病目前没什么办法，只能靠吃药延缓进程，但避免不了智力继续下降、身体越来越差，最后的结果应该就是完全丧失智力，卧床不起。

我心里真不是滋味儿啊。

出院那天，你和哥哥在前面慢慢走，我拖着行李跟在后面，看着你略微佝偻笨拙的背影，心酸不已。

我知道，曾经那个走路带风、谈笑自若的你，再也不会回来。你会慢慢地不会走路、不会说话、找不到家、认不出我，忘掉我们一家人所有的过去……

你将这样一点一点地离开我，而我只能眼睁睁地看着你走，无能为力。

小时候我走路，总喜欢牵着你的食指。那天我忽然发现，你微蜷的右手，依然习惯性地伸着食指。

我瞬间泪奔。

第二天，我送你和哥哥到火车站，你们回内蒙古，我回济南。

我在候车室把你们安顿好，和哥哥聊了一会儿。你一直看着我不说话，你知道我要走了。

是的，爸，我要走了。

我起身和你们道别。

你仰头看我，像怀着最后一线希望似的说："不跟爸回去啦？"

我说不出话，强忍住泪，强笑着对你点点头，转身往外走，眼泪噼里啪啦往下掉。

我一向以为自己是个孝顺的女儿，那一天才发现，并不是。

你那么精心地养大我，在我需要你的时候你永远在，可是现在你老了，我却缺席了你最需要我的时光，连多陪陪你都做不到。

对不起啊，爸！

这些年来，我每年夏天都要雷打不动地回家待一个多月。

每年回去，你都以比我预料的速度更快地衰老了。

开始我们还能聊聊天，后来你的话越来越少，渐渐不再主动说一句话。

有时我试着跟你说说我的事，你也听不太懂了。

你好像不愿让我知道你不懂，怕我失望，所以很费力地配合我，给我回应。

我不想你辛苦，也就不再多说。每天只凑过去问你想吃什么，要不要看电视。

给你切个西瓜，帮你剪剪指甲，哄你多吃几口饭，把你掉在地上的米粒擦干净……我能为你做的，也只有这些小事。

有时想想，我真替你不值啊——你曾给过我的和我现在能给你的，太不成比例了。

当然，我知道你绝不会这样衡量。

这世上，也许只有养孩子这件事，是让人可以完全忽略性价比的。

你就是这样一个爸爸：为我做什么都觉得理所当然，而我为你做一点小事，你好像都受之有愧。

你对我的全部期望，只是我能快乐健康，能常在你眼前晃一晃。

去年我回家，车开得慢，到家已经是晚上十一点，你就搬了个小凳坐在电梯门口，一直等我到十一点。

终于等来我，你也不说话，只是笑，笑得很开心。

我忽然想起小时候你讲的那句：“儿出门远行，父母倚门相望，盼儿早归。”

父母对儿女的深情，都在这几个字里了。

可是儿女纵念亲恩，所能回报的，也没有百分之一。

今年我买了个面包机，常在家里做面包给你吃。

你很喜欢。

有一次你刚吃两口，面包就掉到了地上。

你像个做错事的孩子一样看着地上的面包，又看看我，满脸歉意地说了一句："人老了……"

我明白你的意思。你是想说，我折腾半天给你做了面包，你却弄掉了，让我白辛苦。你太老太笨了，希望我不要嫌弃。

爸，你真不用这样。我小时候饭都不会吃，还不是你教会我的？你现在掉个面包算什么，只要你好好活着，怎么样我都该伺候的。

这一世只有我欠你，没有你欠我。你纵有些许过错，也不亏欠我一丝一毫。

其实我特别庆幸，这辈子有你这样一个爸。

大自然用了多么巧妙的手段和机缘，让我成了你的女儿。除了珍惜和感恩，我还能说什么呢？

所以，爸，你就安心做个小孩子吧！

吃饭掉几颗米粒没关系，衣服系错了扣子没关系，不能陪我聊天没关系，不小心摔坏了茶杯没关系……

你只管想吃什么就吃什么，想做什么就做什么。你可以随便提要求，别怕给我添麻烦。

你养我小，我养你老，天经地义。

不管你变得多么不可爱，我都必须爱你。

因为你存在我这里的爱，今生今世，我都还不完。

扫一扫，听一听

妈，你要是还在，该多好

文 / 北辰

妈妈：

这个称呼，我已经生疏了。虽然在心里喊过无数遍，但出口已不习惯。

我知道，此生无人能应。

我鼓起特别大的勇气，才给你写了这封信。

三十年了，我有几百吨话想跟你说，也无数次想给你写信。可是我不知道天堂的地址，不知道我的信该寄往哪里。

你走那年，我才十三岁，还不知道生离死别是个啥滋味。

那天，望着惨白的床单蒙住你的脸，我一把生生扯了下来：你们干什么啊，这让我妈怎么呼吸！妈，你醒醒啊！

旁边的外公老泪纵横：你妈妈没呼吸了，她不会再醒来了。

我一时竟然忘了哭，愣愣地站在那里，牙齿却把嘴唇咬出了血。

一直到殡仪馆里冒火的炉子里飘出青烟，我才知道，你再也不会回来了。

我大哭着，跌跌撞撞地抱着小匣子，里面装着身材高挑的你。

那么小的小匣子，我一直想，你待在里面，委屈吗?

不知道你是否留了很多遗憾在人间，我有。

昨晚我又梦见你。

很清晰的场景：你坐在咱家的餐桌旁边，桌上有你亲手烧的鸡翅和排骨，你特意把一盘青菜放在我跟前，好像是想让我多吃点菜……

你脸上的笑意和别在耳后的头发还跟以前一模一样。

我看着你，特别特别欣喜，想着我妈没走，这不还在这儿，做好了一桌子菜等我呢！

我想喊一声妈，却怎么也喊不出声，急醒了。

沉寂的黑夜里，我一身汗，一脸泪，默默坐起来，对着空荡荡的房间，叫了一声妈。

可是，你已经不见了。

妈，你到底去哪儿了啊?

这些年，你在那边过得好吗？下次我早点睡，你多在我的梦里待一会儿，给我讲讲那边的事，也听我说说憋在心里的话，好吗？

其实这些年，我的变化也好大。

我已经人到中年，有了妻子女儿。你的儿媳和孙女，她们都很好，可惜你都没见过。

我离开咱们家二十年了，闯下了自己的一片天，做着喜欢做的事，也有很多喜欢我的人。虽然生活中还有很多不如意，但我都能扛。

不知道你现在怎么样。如果孤单的话，你一定记得来梦里找我啊，我一直在的。

记得你走那会儿，经济还不发达，咱家只有一台黑白电视机。

那年，爸爸托关系弄到一张电冰箱的票，就要提货了，你却住进了医院。

你临终的前几天，状态特别好，问我冰箱是什么样子。

我说，很神奇呢，一个绿色的柜子，西瓜放进去，一会儿就是冷的，特别甜；热水放进去，一会儿就变冰水；还有，可以自己冻冰棍。妈，等你回家，我给你做冰棍吃！

我分明看到了你眼里的光，却一闪就不见了，而后你叹了一口气。

你到死也不知道冰箱是什么样，更没能吃到儿子亲手给你做的冰棍。

现在我每每一开冰箱就想到你，都很多年不再吃冰棍了。

你不在了，可是和你有关的记忆一直在，弥漫在我的生命里，挥之不去。

上周，女儿翻箱倒柜找出几本图画书，胡乱撕扯着玩。

我发现了，下意识地大吼了一声，一把抢了过来。

孩子吓傻了，哭得不成样子，我也觉得自己反应过激了。

可是她哪里知道，那是我整整收藏了三十年的几本书。

小时候，你每天晚上拿着它们哄我睡觉。有时讲到一半，我打断你说“妈，后面的故事我知道，我给你讲”，然后一通胡编乱造。你躺在我身边，笑得不行，抱过我使劲亲一口，说：“儿子你讲得比书上写的还好……”

这些书，把最早的正直、勇敢、坚强和善良教给了我，也是我永远难忘的童年记忆。

这些年，我辗转南北，数次搬迁，始终把它们带在身边。那是你留给我的念想，是我们母子相爱一场的温暖见证。

我躲进房间，把撕坏的图画书一页一页仔细粘贴好，你的声音就再次在耳边浮现……

对了，妈，后来你有没有别的小孩？你有没有给他们讲过那样的故事？他们也会续编书上的故事吗？编得比我更好吗？

你现在该老了，他们对你好吗？会不会还愿意听你讲故事？

不知道应该说幸运还是遗憾，我没有看到你白发苍苍的样子。我的记忆里停留着你最美、最年轻的容颜，明眸皓齿，温婉贤淑。

身为教师的你，特别优秀。作为你的第一个学生，我荣幸至极。

只是你太狠心，教着教着，没有预兆，我也没犯错误，你就把我永久开除出了你的学校。

我便从此浪迹天涯，自顾自地成长。

妈，现在，我也开始学着你的样子，用最温暖的声音给别人讲故事。如果你听到，一定会欣慰和骄傲的。你肯定没想到，当年那个天马行空不靠谱的小孩，会出落成现在的样子。

我多想看到你为我骄傲的样子，听你说一句："儿子真棒！"

可是，今生今世，我没机会了。

你在北方度过了短暂的三十九岁的一生，没见过大海，没坐过飞机，甚至没吃过杧果，没听到孙女叫你一声奶奶。

你匆匆离开，应该有很多遗憾，所以我也有很多放不下。

前几天，我带着妻女去拜祭你。这个从未和你谋面的小丫头，知道你的很多故事，也很早就学会了叫奶奶，只是永远不可能当面叫你一声了。

那天，女儿像模像样地给你鞠了躬。

我们待了一会儿，带她离开。

不想临走前，她忽然一回头，大声叫了一声：“奶奶！”

我的泪唰地就流了出来。

妈，我认识很多人，不管年纪、职业、地位、婚否，回到家喊声妈，是他们的习惯。

“妈！”

“哎！”

这是最寻常的人间美好。

有个同事说，其实也没什么事，只是听到这一声答应，心里踏实。

我多么想有一天回到家，客厅里飘着菜香，你在厨房忙活。我说妈，你说哎。

可是我清楚，永远不会有那么一天了。

我有时候生你的气，你干吗走那么早，让我这一声招呼再也没有了响应，让我心里那么失落、那么空。

人生最苦，爱别离。

而妈妈的离开，是最苦中的最苦。

我最爱的你走了，我却无法追赶。

而有那么多事，你都没做过，却成永远。

妈，你要是还在，该多好。

我一定带你去看看山水，和你一起去三亚晒晒太阳，在海边留两串脚印。

我一定给你买很多好吃的，在厨房里堆起来，让你舍不得吃也得吃完。

妈，你若出现，我一定给你讲故事，讲这么多年我经历的事、遇到的人、珍惜的情、走错的路。

我一定说到做到，妈。

可是，你不会给我机会了。

我将一生遗憾。

希望你在那边的儿子对你好，希望你永生永世有人陪伴，有人爱。

扫一扫，听一听

未来，我不曾畏惧

文 / 李月亮

老公：

写下这两个字的时候，我的手和心同时抖了一下。

因为我知道，还有一个女人也这样称呼你。

而且，这也许是我最后一次这样喊你了。

那天你洗澡时，我无意间看到你的手机有新消息。

亮起的屏幕上，“老公”两个字格外扎眼，瞬间把我扎蒙了。

我稳了半天神，才看清那行字：老公，今晚不过来了？

这短短八个字，个个都像陨石那么大，毫无预兆又雷霆万钧地砸过来，砸得我五脏六腑都碎成了渣。

你的手机有密码，但我没费什么力气就破解了。

聊天记录实在很感人呢，遍布“老公”“老婆”、情情爱爱，你说了很多我不熟悉的情话，我看着看着就哭了。

谢谢你，让我知道了什么叫“字字穿心”。

那晚我一夜没睡，而你在我身边鼾声如雷。

第二天，女儿上幼儿园了，你吃着早餐，没注意到我红肿的眼睛和糟糕的情绪。

看着你把最后一块面包塞进嘴里，我问你 Amy 是谁。

你一愣，说是以前的一个同事。

“她比我好很多？”我问。

你看我一眼，有点不镇定：“怎么了？你别瞎猜。”

我说：“不是瞎猜，我看到你们的聊天记录了。你们已经好了大半年，你说我们的家是一潭死水，你对我已经毫无感觉，只有在她那里，你才觉得自己像个男人——朝气蓬勃活力四射的男人。你感激她又让你活了一次，你想跟她相爱到死。”

你不再说话。

我们就那么默默地坐着，坐了很久。

直到我脸上的泪都干了，你看了看表，说：“我得上班了，上午还有个会。”

我说：“没什么要解释的吗？”

你穿上外套，背对着我：“晚上再说吧。”

你不知道那一天我是怎么过的吧？

整整一天，我粒米未进，满脑子都是你对她说的话，和我们这些年的生活。

你说想跟她相爱到死。

可是十年前，你也是紧紧抱着我，说这辈子你只想娶我。

你说她笑起来眯着眼睛可爱死了。

可是过去，你也总是说，我笑起来天下第一好看。

你说和她在一起时心里都开着花，而和我在一起时总是情不自禁在想她。

这句话最让我难过。

我怎么那么愚钝，居然没看出那个每天如常出现在我身边、我枕边的男人，在跟我吃饭、睡觉、聊天、散步的时候，心里想的竟是另一个女人。

在我满头大汗地做饭、事无巨细地伺候女儿吃喝拉撒、拽着拖布擦遍家里角角落落的时候，你却在别人那里浓情蜜意地开着花。

这是真的吗？

我实在不愿相信。

我迫切地等着你下班，期待你给我一个足以推翻一切的解释。

你回来了，面色平静——起码看起来很平静。

晚上我哄女儿睡着，出来时你已经上了床，刷着手机，没有要跟我聊聊的意思。

我坐在床边看着你，心里五味杂陈。

这些年来，每次我们之间出现问题，你都是这样的态度：不搭理、不沟通、不过问。

总是我费尽心思地找时机、想办法，照顾着你的情绪，考虑着你的感受，努力去解决。

很多微不足道的问题，我都一个人消化了，尽量不去烦扰你。

所以，你大概早习惯了吧，习惯了回避矛盾，习惯了我主动沟通，习惯了让我的喜怒哀乐自生自灭。我开心、难过还是难过得要死，你都视而不见。

这一次，你是不是以为还可以像以往那样，我不问，你不说，就可以当一切没发生？

我看着你，心一寸一寸冷到了底。

你就算不知道我没吃没睡哭了一天，也总该知道我是敏感脆弱有感情洁癖的人，接受不了你爬上另一个女孩的床吧？

可是，在我深陷苦海痛苦窒息拼命挣扎的时候，把我推下水的你，居然就这么装作若无其事地刷着手机，完全没有搭救我一把的意思。

这是懦弱无能，还是自私冷血？

你关灯睡了。

我抱着被子去了沙发上。黑暗里传来你的鼾声，我心生绝望。

我们就这样沉默着冷战了八天。

我不开口，你也不。

我睡了八天沙发，其实每天都没睡够三小时。

连五岁的女儿都看出不对劲，说：“妈妈你好像变老了，你是不是不开心？”

我勉强笑笑，说没有。

她心疼地摸摸我的手，说：“唉！妈妈你太累了。”

我的眼泪差点掉下来。

其实，和你在一起这十年，我一直挺累的。

工作以外，家务、孩子、老人，都是我管。

你工作累，你热衷事业，你想大展宏图，我都知道。所以我想尽我所能地多做一点，让你的压力小一点。

所以买菜做饭、洗衣洗碗、还房贷缴电费、带老人看病陪孩子上培训班，这些事我都干了。

你觉得一切理所当然。

可是你有没有想过，嫁给你之前，我几乎什么家务都不会，我妈连碗都舍不得让我洗，她说女孩子总洗碗手就不好看了。

那个十指不沾阳春水的姑娘是有多爱你，才会一脸油烟地给你做饭、哼哧哼哧地抱着整箱矿泉水上楼、毫无怨言地把你扔在地板上的袜子捡起来洗干净?

十年前的你，吃垃圾食品、熬夜打游戏、穿西装配运动鞋、发型像个中年男人，我又花了多少精力，才让你按时吃饭睡觉，学会保养健身，懂得时尚穿搭，积极去干事业?

现在你事业有成、衣着有品，而我双手粗糙、脸生细纹。

你大概觉得，我配不上你了吧?

可是，我们本来都不是今天的样子啊！那个喊你老公的姑娘可以不知道，你不可以!

可是，我给你擦皮鞋、熨衬衫、买新款男装，把你收拾得漂漂亮亮、利利落落，然后你就精神抖擞地去跟她约会了……

你在她的床边脱下白衬衫的时候，有没有想到是我把它打了三遍肥皂、泡了两个小时，又熨得平平整整？你解开裤子上我认真缝好加固的扣子的时候，心里就没有一点愧疚？

也许有。

所以在冷战八天之后，你破天荒地说要带我和女儿出去玩。

我不想去，可是女儿在一边欣喜大叫，说太好了，我们好久没一起去玩了。

于是我们开车去了郊区采摘园。

一路上你的手机响了几次，你都直接挂断了。

到了以后，你让我和女儿先下车，说你要处理点工作。

我安顿好女儿后，远远看见你在打电话。

我走回去，你迅速挂了电话。

我说："就这一会儿都不能忍吗？"

你瞪我一眼，说："说话别这么难听。"

拜托，我说的话难听，有你做的事难看吗？

我压抑太久的愤怒涌了起来，和你激烈争吵。

你说这些年你多么不容易，为了赚钱养家殚精竭虑。

我说："这就是你出轨的理由吗？"

你说，没什么理由，你不想给自己辩解。

我说："那总该有句对不起吧！"

你气急败坏地说："对不起、对不起、对不起行了吧！"

我也气急败坏，说："这是什么态度！"

你说："你知道你现在的样子有多丑吗？"

我下意识地看了一眼车子的后视镜，也被自己的丑样子吓到了。

好心惊！我怎么变得这么丑了！

我怎么可以允许自己变这么丑！

那是我第二次，感到绝望。

回去后我们依然冷战。

我尽量好好睡觉、好好吃饭，好好化妆、好好上班。

但心里被一块巨石压着，我做什么都心神不宁，常常一下子就觉得心慌意乱、天昏地暗、生无可恋。

每一次你穿戴整齐地出门，每一次你说要加班，每一次你看手机微信，我的心都紧紧揪成一团。

每一次你彻夜未归，我基本都是彻夜难眠，或者噩梦连连。

我们又谈过一次。

你说得给你一点时间，处理和她的感情。

我说我不能等了，不能过这种生不如死的日子了。

你说怎么就生不如死了，你又没说要和我离婚。

这句话，让我第三次绝望了。

是彻彻底底地绝望。

你果然是完全体会不到我的感受。虽然这些年一直如此，但这一次，我确确实实明白了。

你只想到自己需要一点点地从那段感情里撤离，需要给那个姑娘一个圆满收场，却没想到，我和她分享你的每一天，都是多么悲痛欲绝、分秒难熬。

你吃定了我对你的珍惜和依赖，以为只要不离婚，就是对我最大的恩赐。

你又没想跟我离婚，我还有什么可计较和难过的——这是你的潜台词。

可是亲爱的，现在，我想离婚了。

这个一直全心全意爱你、支持你、什么都愿意为你做的女人，对你绝望了。

这个一直不遗余力地为这个家付出、以这个家为重、盼着这个家越来越好的女人，决定放弃了。

我这样的女人，不怕穷，不怕累，不怕付出，不怕变老变丑，怕的是越累越得不到体贴，越付出越被享用的人忽略，老了丑了却忽然发现一切特别不值得。

希望你明白，离婚不是我一时冲动，也不是要挟你回家的小心机，甚至不完全是因为你出轨。而是，你这次出轨，让我彻底看清了你的冷漠自私、懦弱无能，看清了我们婚姻的真面目，看清了我死守在你身边必将变成的样子——耗尽心力、疲惫干枯、丑不堪言。

其实这些体会一直是在我心里的，只是我始终自欺欺人，遮掩着它，安慰着自己，不想正视，不想承认。

毕竟你是我爱的人，是我孩子的爸，是这个我无比珍爱的家的男主人。

我曾以为，遮住那真相，就可以若无其事地和你走向一个说得过去的圆满。

但是现在，皇帝的新装被戳穿了，我没法再骗自己了。

所以，我和你，到此为止吧。

离婚协议书我写好了。

女儿我会带好，请你放心。

其实她原本也一直在我身边，你陪伴得很少，所以离开你，她应该也很习惯。

以后你不用再硬着头皮回这个像一潭死水的家、见这个你毫无感觉的女人了。

你可以光明正大地跟那个心爱的“老婆”在一起了。

不知道你的新家，会不会每天窗明几净，衣橱里整齐地挂着你的衣服，餐桌上有花样翻新的饭菜，马桶坏了有人修，你的胃药有人买，每到换季，你的衣服就自动出现在床上。

不知道那个姑娘，会不会担心你醉酒、心疼你加班、全力支持你的事业，遇到问题想尽办法跟你沟通，自己有麻烦努力独自化解，自己吃最便宜的工作餐，省下钱来给你买上好的红酒、给你老妈买像样的首饰。

也许有一天你会发现，所谓“一潭死水”的家，其实也是一种岁月静好，也是一个女人默默地竭尽全力才成就的。

也许有一天你会明白，再浓烈的爱情也经不起时光的磨蚀，再怎么迷死人的笑眼，看久了也会毫无感觉。

也许当眼前的新人变成旧人，你会再次厌倦，然后又遇到可以让你再活一次的姑娘。今年花胜去年红，可惜明年花更好，知与谁同?

也许某天，你也会想起我们在一起的点滴幸福——

想起我们第一次牵手时你手心里的汗；

想起蜜月旅行时我们走散了，好不容易找到对方时欢喜的拥抱；

想起深夜加班回来你喝着温热的粥，我坐在对面给你讲笑话；

想起女儿赖在我们床上不肯走，三个人嬉笑着打闹着滚成一团……

当然，这都不重要了。

万物皆有命数。我们这一世，走到这里，该剧终了。

后面还有大半人生，我们各自另起一行。

我想我能过得更好。

希望你也是。

扫一扫，听一听

这么多年，庆幸我还是你的

文 / 北辰

你好：

这么称呼，是因为直到想写这封信的时候，我才发现自己既不浪漫，也不温暖，我竟然用“你”直呼了我最亲爱的人十八年。

“哎，你在干吗？孩子要放学了，快去接！”

“我妈快过生日了，你给买什么了？”

“我今晚有事，你不用等我吃饭了。”

……

我竟然指示和命令了你十八年，通知和提醒了十八年，唯独没有多少关切和疼爱，少了理解和包容。你好像一个人撑起了这个家。

十八年，你没和我抱怨过一句，没提过什么要求。

上周同事大刘的媳妇儿突然脑出血去世了，才四十岁，大刘在葬礼上哭得稀里哗啦。

他常年出差，甚至不记得老婆的生日，然而她去世那天居然就恰恰在四十岁生日前夕。这次大刘好不容易想起来，从广州飞奔回来，还带了一枚钻戒。可惜，她没等到这个生日，匆匆去了。

葬礼选在她生日那天，大刘肿着眼睛，歪歪斜斜地把钻戒扔进了有去无回的火炉。

一切随青烟飞走，徒留太多遗憾和内疚。

当晚，同样在外出差的我给你打了个电话。

很晚了，你居然还没睡。你说刚跟住校的女儿通完电话，问问她快要高考了，有没有压力。现在你正在给我妈做按摩，她腿疼得不行……

你问我干吗，我竟然不知所措，只说了句：你辛苦了。

你说我神经病，然后就草草地挂了电话。

我马上定了机票，也买了一枚戒指，飞回你的身边。

把戒指套在你手上时，你摸摸我的头，问我发没发烧，然后就愣

在原地。

是呀，这么多年，你什么都习惯了，唯一不习惯的就是我对你好。

因为太少——我知道。

婚姻哪，我们都说爱太少，为对方做的太少，因为我们总觉得一辈子呢，不急。

可谁知道自己的一辈子有多长?

这么多年，我好多次忘了你的生日。

这么多年，我已经习惯了你为女儿、为我爸妈、为我做的一切，一句谢谢都没说过。

你好像也没抱怨过，也许早习惯了吧?

有时候我们得承认，夫妻间经年累月养成的习惯，不管公平与否，不管舒不舒服，久了就没有感觉了，没有约定，却已俗成。

记得有一次我下班回家，饥肠辘辘，回到家却发现没有一点烟火味道，瞬间火就来了：“饭呢？人呢？你干吗呢？”

我寻到客厅，才发现你斜倚在沙发上睡着。我有点不高兴：“怎么没做饭？”

你惊醒，揉着眼睛说：“迷迷糊糊睡着了，我去做。”

“不用了，我出去吃吧。”我假装没事，但脸色估计不好看。

后来女儿告诉我，妈妈那天高烧三十九摄氏度，已经躺了一天，怕我担心，不让说……

这就是你，经常默默承受、委屈自己、惯坏了我的你。

其实，夫妻是共同掌舵的一艘船，你怎么可以独自航行，而放任我在一旁饮酒作乐？幸福是两个人的狂欢，不是一个人的孤单。

我妈脾气很不好，而且对我溺爱了四十年。

这两个问题都是婆媳关系中的致命顽疾，对于有些家庭，这甚至是导致分崩离析的根源。

你却很好地化解了这一切，润物细无声地把我妈“拿下”了。

那年腊月，你把单位年底分的干果、水果、橄榄油都搬去了我妈家。

我妈不以为意，偷偷跟我说：“估计分的奖金都给她娘家妈了吧，不值钱的都给我了。”

后来大年初三，你妈来我们家，聊天时我妈提到家里的水果是你拿来的。你偷偷使眼色让我妈打住，可是你妈已经入心了，问你还拿了啥，我妈直通通招了。

你妈就嬉笑怒骂地责备你：“臭妮子，嫁了老公忘了娘，过年啥都没给我，都搬这儿来了啊！”

你在一边笑：“哎呀咱俩都这么熟了，前些年我也没少给你。两边都是妈，这边我也得照顾着呀！”

那天你妈走了，你塞给我妈一个大红包，说是年底的奖金，还特意嘱咐：“别跟我妈说呀，我给她的没有给您的多。”

我妈就尴尬了。那天晚上她很开心，说：“这孩子心里有我，没拿我当外人。”

从那以后，我妈再也没猜疑过你。

我觉得你真是个聪明的女人，知道婆婆不是妈，所以要对她格外好；妈挑理没事，得让婆婆满意。

你身体不好，体寒多病。

你生女儿那年，医生多次相劝：“最好放弃，万一出问题，搞不好大人孩子只能保一个。”

你坚持要生，没啥大道理，就两条：第一，你想有个孩子；第二，不给我们家生孩子，对不起我妈，对不起我。

我不同意。我们为此争执了一夜，最后你问我：“万一情况不好，你是保我还是保孩子？”

我说：“这不是废话嘛，当然保你！”

你笑，说：“其实我希望保孩子。”

你平时话不多，有时甚至让我觉得你怯懦和忍让，但那一次，我真的对你肃然起敬。

女儿出生了，九死一生地来了。还好，母女平安。

你满头汗水，晕倒在产床上。醒来时，我红着眼站在你身旁。

你无力地握着我的手，调侃："你看，没事吧？我命硬。你哭啥？别怕，有我保护你！"

都说女人弱，可是在你身上，我却分明找到了从未有过的安全感，以至于只要回家，看不到你就心慌。女儿说，"你妈呢"是我唯一的口头禅。

女人，有时候就像一根直挺的筋，柔韧却坚挺，弯而不断，压而不折，可以支撑起一个家的骨架。

我的同事 Linda，你认识。

她给我做助理半年多，优秀干练，也很好看。

我自己都不曾察觉，经常在你面前提起她。连我妈都半开玩笑地问你："看好你老公，别被这个 Linda 抢走了啊！张嘴闭嘴都是她，我都替你着急，你咋不吃醋？"

"能提的肯定没事，心里有鬼就不会说了。妈您放心，没事的。"你说。

你太智慧。是啊，起初的提起真是下意识的，到后来我开始心动，

Linda 也渐渐向我靠近的时候，我有点把握不好方向，也不敢在家里提起她了。

我知道，你怀疑过，你不是个心里没数的女人。

那段时间你经常恍惚，电话响起或者微信闪动的时候，你的脸都会轻微变色。

但你从没问过我，也从没提过。

老婆，你知道吗？如果你跟踪我、调查我、审问我，或者看我的手机、微信记录，可能我和 Linda 还没开始，就和你在争执中吵翻了，那样我就有了更充足的理由去投奔 Linda。

但是你没有。

我有点慌。每次接 Linda 的电话时，你轻抿嘴唇的样子都让我心理压力巨大。

直到那一次，Linda 和我在餐厅里吃饭，与你和孩子不期而遇。你说既然碰到了就一起吃吧。

席间你落落大方、不卑不亢。当时的我，想连人带自尊一起埋进土里。

第二天，我就提请董事长换了助理，斩断了已经开始萌芽的罪恶。

其实，男人永远是下半身冲动的动物，偏偏这个世界的诱惑太多。而你这个充满智慧的女人，永远不露声色地把控着我们的方向，化解危机于无形。

现在，我们都人到中年，女儿即将上大学了。

很惭愧，这么多年，我几乎不知道你爱吃什么、喜欢什么颜色、用什么化妆品，因为我没有关注过。

除了过年，在我眼里几乎没有什么值得纪念的日子，什么结婚纪念日、你的生日，我都忘了。

我一直以为，我努力赚钱、按月交给你生活费，我就是优秀的男人了。

现在想想，我真是做得太不好。

我们没有一起旅行过，没有在婚后看过一场电影，我甚至没说过一句：我爱你。

当然，今天我还是说不出口。可能女人最爱听的，往往是大多数男人说不出口的话。尤其我们日子过久了，再说这些就显得做作，有点肉麻。

但是我知道，你忙活这个家、忙活我和老人孩子十八年，我却把精力时间用在外头十八年。

亲爱的，我们忙事业，忙孩子，忙过日子，忙了这么久，是时候忙忙自己的事了。

写完这封信，我就去定机票，去你从没说过，但是我知道你最想去的西藏。

因为你经常说我们这座城市的空气让人窒息，说同学去西藏拍的照片很美，天很蓝。

这么多年，你没对我提过什么要求，那这一次，我们去西藏吧，去拍很美很美的照片，看很蓝很蓝的天。

这么多年，经历很多，尘还是归尘，土还是归土。

这么多年，风风雨雨，我万分庆幸，我还是你的。

扫一扫，听一听

你来以后，我再也没有孤独过

文 / 李月亮

亲爱的儿子：

那是个秋天的下午，我清楚地记得，天并不凉，但我裹得像个粽子一样，推开了家门。

身后，爸爸笨拙地抱着出生才三天的你。

我们把你放在早就备好的小床上，一左一右看着你，像观赏一个外星球来的小怪物。

你在酣睡，想来并不知道发生了什么。

但我知道，我的人生，我的世界，从此不同了。

犹记得最初的忙乱。

你的衣服、被子、奶瓶、尿不湿、抚触油、洗澡盆……布满了家里的角角落落。

我没有预想到，一个小孩子会占据那么多空间，看着一片混乱的家，我常常心乱如麻。

而且，你作息昼夜颠倒：白天阿姨在的时候，你睡得喊不醒；傍晚阿姨一走，你立刻神清气爽。

记不得多少次，半夜两点、三点、四点，我抱着你在客厅里走来走去，走来走去，走来走去……走得心力交瘁。

等到你睡着，天都亮了。

那段连厕所都顾不得上的日子，是有多狼狈啊，简直不堪回首。

但是，如果重来一次，我依然愿意。

因为，你给我的幸福，比烦恼多得多。

你呼吸均匀地在我枕边酣睡，你眯着眼睛在我怀里吃奶，你下意识地搂紧我的脖子，你发出稚嫩的啊啊喔喔……

真说不清这些事情都好在哪里，但我就是觉得美妙无比，并莫名地为此觉得欣喜、甜蜜。

这种甜蜜无可替代，也足以抵消掉我所有的疲惫和狼狈。

你有神奇而巨大的魔力。什么都不用做，就让我心甘情愿地为你做任何事。

我是个特别怕孤独的人。

以前爸爸出差，晚上我必须把家里所有的灯都打开，让音乐响到深夜。

但是有你之后，哪怕你在睡觉，哪怕你不会说一句话，只要你在，我就觉得内心无比充盈。夜再黑天再冷，我的世界也泛着暖洋洋的橘色的光。

你让我重新思考了“陪伴”的意义：不一定是有个人在身边全心全意地陪你聊天，而是，你在我心里、在我的生命里。一想到你，我就觉得踏实安定，无惧无畏。

是的，你来以后，我再也没有孤独过。

常常是，你在客厅专心致志地玩玩具，我坐在沙发上专心致志地看着你，越看越欢喜。

其实，我得承认，你不是最聪明、最好看、最有趣的小孩。

但毫无疑问，我最爱你。

就算全世界的小孩给我选，我还是要选你。

就算全世界的小孩出现在我眼里，我还是能一下子锁定你。

你喜欢跟小朋友赛跑。

有一次比赛，你准备得不充分，跑输了。别人都到了终点，你才跑了一半。

你沮丧地停下来，回头看我，然后很慢很慢地走到我身边，拉住我的手。

我只当你是在为输掉比赛难过。

没想到，你忽然掏出口袋里的小卡片，说："妈妈送给你吧。"

你的表情有点复杂，有难过，有讨好，有惶恐，有哀求。

你分明是在说：妈妈，我不够好，你不要不爱我。

我瞬间心酸。

傻孩子！

妈妈爱你这件事，是没有条件的。

你优秀也好，平庸也罢；光芒四射也好，暗淡无光也罢；坐拥天下也好，独守陋室也罢。

我都爱你。

因为我带你来到这个世界，就是要让你感受爱。谁都可以不爱你，但我不能。

我若不爱你，天理不容。

还有，其实我也是个漏洞百出的妈妈。

我第一次给你理发，理得乱七八糟，连狗啃的都不如。但是你照照镜子，还开心地说："真帅！妈妈真厉害！"

我明知天冷，还带着衣衫单薄的你在外面玩，让你感冒了。但是你发着烧，还抱着我说："妈妈，你一秒钟都不要离开我。"

我把热水杯放在茶几上烫到了你，我把你的玩具当成垃圾扔了出去，我喂你太多草莓导致你腹泻了好几天……

哈，第一次做妈妈，我太没有经验，你跟着我，也倒了不少霉。

但是你从来没怪过我。我那么多事没做好，你还是毫无原则地最爱我。

我给你买过一件小背心，上面印着"不靠谱"三个字。

每次看着你背着"不靠谱"跑来跑去，我都想笑——

你的确是个不靠谱的小孩啊！

会在忙乱的早上大呼小叫："妈妈不好了，我又尿床了！"

会把家里的绿豆袋子拎出来，呼啦一下倒得满屋滚豆。

会把我的化妆品一瓶一瓶打开，掺和在一起拼命摇。

会把我好不容易淘来的限量版靠垫剪一个大洞，看看里面有没有藏着喜羊羊……

你在哪里，哪里就常常会变成肇事现场。

而我负责在崩溃心碎后解决一切问题，并对你宽大处理。

我也从来没想过自己能那么强大、那么宽容，那么低眉顺眼、不计前嫌。

“也就是妈妈，换别人早揍你了。”我说。

以前我只是随口一说，后来入了心，开始想，如果我不在身边，你惹了麻烦怎么办？

这世界不会无缘无故地爱着你，也不会毫无原则地原谅你。

我实在无法护你一生无忧。

等你长大些，离开我，必将有那么一些时候，你会因为无知、莽撞而被惩罚，因为懦弱、卑微而被侵犯。

你可能会遭遇校园霸凌，可能被深爱的恋人抛弃，可能要低声下气地讨好领导，可能为了求职四处奔波，可能背负巨大的压力夜不能寐……

一想到你会遭遇那么多人生苦难，我就难过得不行。

所以我会不时问你一些傻问题：“宝宝，你觉得活着好不好？”“妈妈生你对不对？”“如果可以选，你会愿意来这个世界、来我们家吗？”

你总是大力点头，说：“好！”“对！”“愿意！”“我不想做别人的小孩，只想让你做我妈妈。”

每次这个时候，我就想给全世界的人鞠个躬，跟他们说——我的小孩有时不靠谱，但更多时候他可爱又懂事。如果他做得不好，请一定多多包涵。

我也会情不自禁地对别人家的小孩格外好，给他们最善意的笑、最真心的拥抱。

我还会去做公益，去帮助所有我能帮助的人。

我愿意尽己所能，让这个世界好一点，这样，你未来的处境，或许就可以好一点。

只是，我能做的，毕竟有限。

你要活得顺心如意，最后还得靠自己。

所以，我还有些重要的话要对你说：

你要做个有价值的人。换句话说，要让别人需要你。

这是每个人安身立命的根本。这也要求你从现在起，努力学习知识，好好认识世界，用心了解自己。知道了世界需要什么、你能做什么，又有了同时满足世界和自己的资本，你才能活得快乐自在些，才能最大限度地免于颠沛流离，免于担惊受怕，免于为五斗米折腰。

你不用太优秀。尤其不用为爸爸妈妈而优秀。

我们都是很平凡的人，给你的基因也平平常常。所以，你只要凡事尽力，不荒废人生就好。能出类拔萃，我们自然喜出望外；若只能像我们一样做个平凡人，我们也绝不苛责。毕竟这世上，还是凡人多。

你要做个灵魂高贵的人。

内心善良，待人宽容，心态平和，言必有信，用最大的爱去温暖身边人。不要做虚伪卑劣、两面三刀的事，也远离这样的人，就算他们有时看起来对你挺好。

你要目光长远。

要认认真真做好当前的事，但别为眼下的成绩得意忘形，也别为暂时的挫败痛心疾首。要知道，人生路山高水长，山山水水，都各有艰难、各有风景。你只管大步向前，别畏难，也别贪恋。明天过后，昨天的一切都是浮云。

你最好有点兴趣爱好。

寂寞的时候能有个消遣，给平淡的生活加点糖。不开心的时候，也能有个排解的渠道，而不是只会仰躺在沙发上生闷气。

你要爱惜身体。

你的身体发肤是我给的，我也一直竭尽全力去爱护。好不容易把你养这么壮，你不可以糟蹋。要记得按时吃饭睡觉，照顾好自己。一个人爱自己，首先是从爱自己的身体开始。

另外，虽然我现在精精神神、利利落落，但总有一天我会变老，老得又难看又没用，又糊涂又窝囊，我也会变得不靠谱。希望你不会嫌弃我，就像你不靠谱的时候，我也从未嫌弃你一样。

最后，还请你记住：今生今世，我永远爱你，无条件，无保留。

最最后，若有可能，下辈子，我还想做你妈妈，真心的。

扫一扫，听一听

请继续招惹我吧

文 / 北辰

朵朵：

你好！

我是爸爸。

准备写这篇文字的我，居然和几年前准备迎接要出生的你时一样激动、坐卧不安。就像我和你妈妈曾无数次想象你的样子一样，虽然我们知道所有猜测并没有什么意义。

我居然不知道这篇文章怎么写，却又如此想记录。

因为有好多话想说，却又一时堆积，不知道从何说起。

我不希望它动人，只想写成真实的你的样子。

知道你现在看不懂，但是你就快幼儿园毕业了，你都不知道爸爸有多遗憾，陪你太少，你却自顾自地一下就长大了。

在你远离无忧无虑的时光之前，在你快要看懂这封信的时候，我也自顾自地写下了这些话。

其实我并不准备给你看。

仅当作回忆。

盛夏，天气热得让人窒息，我们知道你也想出来透透气了，你要来了。

在产房门前护士推着你妈妈进手术室，大铁门关上那一刻，我居然瞬间就流下泪来。

这是我成年后第一次流泪。怎么都止不住，自己却全然不知。直到身边的外婆、外公、舅舅、舅妈都问我：“你哭啥，是激动吗？”我才意识到自己居然哭了。

到现在我都在想：是啊，我为啥哭呢？

可能有一半是因为你妈妈有些恐惧和无助的眼神，还有一半，也许是对自己生命即将得以延续的欣喜，是对未知的你懵懂又隆重的期待？

我说不清。

我不管，总之这是因为你即将出现带来的，那是你第一次招惹我。

我在外面急促不安，下意识地蹲在墙角，一会儿站起来，一会儿蹲下。

路过的护士都笑我："你跟着使劲呢？没用的，去一边消停地坐着吧。"

我尴尬地笑，心里却七上八下不得安宁。我不知道是不是所有的准父亲在这一刻都会无比歉疚，不仅仅是对受苦的妈妈，还有为了来到这个世界上，也辛苦了的你。

你是得有多努力、多出色，才能打败所有竞争对手，来到这个世界；你是得有多坚强、多阳光，才能抵住十个月的黑暗，在那个小房子里加油长大。

"恭喜你，喜得一个小情人。"护士探出脑袋，告诉我产房传喜讯了。

从那一刻，你就开始马不停蹄地招惹我。

你真是个小尤物，那么柔软，软得像一坨胖乎乎的花。

初次见你，你躺在那儿，粉红色的小肉球一般，却手刨脚蹬地不老实。护士阿姨给你做简单的清洁，并在出生记录上按下你的小脚印。

宝贝，这是你人生的第一步。从此以后，就注定我们要一起走一段很长的路，你准备好了吗？

此时扒在偌大的玻璃窗外面看着你的，是爸爸，一个自己还不太成熟、总是做错事惹你妈妈生气的男人。

你来了，我想我该彻底长大了，要不然我会被你的成长追赶，我可不能落后。

事实上，你真的比我长得快，几乎每年都长好几厘米，爸爸却以每几年就矮一厘米的速度抽抽了。

我想说的，其实是你骨子里的柔软。

你还没出生的时候应该就是内心柔软的。你知道心疼妈妈，她在怀你的时候，你特别乖，妈妈几乎没怎么呕吐，身材竟也没怎么变样。你都快出世时，从背后看，妈妈依然窈窕纤细，根本看不出是个孕妇。

到后来妈妈领着你招摇过市时，很多邻居、亲戚、友人都惊呼："这是谁家孩子，也没发现你怀孕啊！"

妈妈就幸福地笑："怀孕有啥广而告之的，再说，我六个多月时还给学生上形体课呢。"

说这话的时候，我分明看到，妈妈抬头挺胸，像极了一只天鹅。

因为你，她更高贵了。

天鹅没那么好当的。在带你回家之后，妈妈瞬间就变回了丑小鸭。

她那么爱美，每晚最长的睡眠却只有两小时。你一动她就醒，你睡得好好的，她也醒。她一醒来就去看你，时间久了，她居然在梦里也找你。

那一次，我被她胡乱地抓醒，看见她披头散发、直挺挺地坐起来，到处找你：“朵朵呢？朵朵呢？”

直到看见在小床里睡得安稳的你，她才舒了一口气。

后来我才知道，你妈妈白天看到一则新闻：南方一座小城的妈妈在给孩子喂奶时睡着了，不小心压到出生不久的宝宝，造成孩子窒息。妈妈就连续数晚做噩梦，总怕自己喂奶的时候睡着了压到你。

她说：“如果你看见我喂奶的时候打瞌睡，就使劲掐我。”

那段时间，她夜里起来喂奶，我就负责掐她。

那一刻，我又流泪了。我本是一个坚强的男人，可是你来了，我却变得特别爱哭。这算是你第二次招惹我。

这个小情人啊，想要蜕变且得些时日。当时我想。

你很柔软，软得就如一个善良的天使。

你两岁时，有一次在小区里刚给你买了一支甜筒，转身你就不见了。我几乎找不到你，大呼小叫地奔跑，好不容易在假山后面发现了你。

你安静地蹲在地上，对面是一条同样安静的小狗。你拿着甜筒，自己舔一口，让小狗舔一口……

那画面和谐美丽，以至于我都看呆了，忘了叫你。身边一个奶奶大呼：“这谁家的孩子，谁家的狗啊？咋没人管，多脏啊！”

那一刻，我才恍然惊醒，从画面里跳脱，骄傲地说：“我家的，我家的！”

然后我就边大笑边亲吻你，拎着你狂奔逃离……

满小区都回荡着你咯咯咯的幸福笑声。

这就是你，从小就知道分享自己的快乐和喜悦。

那一次，我笑出了泪。

那算是你又一次招惹我了，用你与生俱来的对生命和这世界的爱。

你人小鬼大，你妈妈说你像我，特别会说话。

其实我比你差远了，因为你说得声情并茂。

那次，外公答应忙完手里的事就下楼去给你买雪饼，忽然就下起雨来。你站在窗前，泪水像雨滴一样噼里啪啦地流。雨越下越大，你哭得越来越凶。

我问你怎么了，你抽泣着说：“下这么大的雨，外公去给朵朵买好吃的，一定会淋雨，淋雨就会生病。外公生病了可怎么办？”你说完哇哇的哭声越来越大。

外公立马就慌了——手足无措，晕头转向。他二话不说，连伞都忘了带，直接飞奔下楼，一头就扎进雨里。

十分钟后，外公像落汤鸡一样站在你面前，手里拿着雪饼。

你却不去接过来，一下抱住他大哭。

外公居然也哭了，雨水和泪水一起向下流。

妈妈知道后，笑得前仰后合，说外公被你这个小鬼耍了，可外公固执地认为绝对不是。

有时候，你招惹别人的本事特别强悍，以至于我们哭得莫名其妙，傻得一塌糊涂。

这次，是外公被你招惹了。

你两岁多一点时，有一次妈妈要出差，临走前，她一脸不信任地对我说："你能行吗？你说实话，别死撑！"

我虽然心里没底，但为了让妈妈安心，还是咬牙切齿地答应着："行！没问题！"

此前三天，妈妈已经把怎么给你洗澡、怎么哄你睡觉、怎么给你冲奶粉说了一百多遍。那时候我才知道，一个女人的唠叨，是从做妈妈开始的。

我很怀疑你妈妈的夸张程度，把你说得那么不省心、那么难伺候。

我老是晚上工作，顾不上你，每次闲下来，这些步骤都已经结束，可是我分明看到累得筋疲力尽的妈妈，她说：“终于把小祖宗哄睡着了，我也瘫了……”

轮到我带你，事实却是——

你居然神奇地记得并且安排好自己生活的每一个步骤！比如：

“爸爸，我们该洗澡了。”

“我的沐浴露在这里，放这么多就好了。”

“今晚该读这篇童话啦，昨天妈妈讲到这一页。”

“爸爸，你忙就不用管我，把童话书给我就好了。”

说完，你自己爬到小床上，拿着书，嘟囔着给自己讲故事。

不认字的你，居然看着图画自己编故事给自己听。虽然书上说的根本不是那么回事，我却觉得你讲得好听极了，翻来覆去、词不达意，却异常可爱。

说是我哄你睡觉，最后其实是我先被你哄睡了。

你嘟囔累了，竟然就把书盖在脸上睡着了。

天哪！这是谁家孩子，这么乖、这么省心，难道妈妈是在撒谎吗？

都说女儿是爸爸前世的情人，我果断选择坚信。

那一次，妈妈回来听我讲述完这一段，哭了，笑着流泪。

“这小玩意儿！真欺负人，以后孩子你来带！”

这一次，你招惹了妈妈。

你对我的爱，让妈妈嫉妒的，包括却绝不仅限于此。

我上夜班，昼伏夜出，白天常在家睡觉。

你就像个小管家一样，到处看着别人。

外婆说话声音大了，你会去用小手嘘声示意；外公做饭的声音大了，你会皱着眉头去提醒；听见妈妈洗衣服的声音，你也会屁颠屁颠地跑过去：“等爸爸醒了再洗吧！”

全家愕然。你才那么点大，怎么会这样，爸爸给你施了魔法吗？

你对我的爱，让我觉得好肉麻呢。

你妈妈说，好多次，我在睡觉，本来顽皮的你一点声音都没有，偶尔还会趴在我的床头，摸着我的脸：“爸爸的头发好看……爸爸的鼻子好看……爸爸……”

妈妈讲到这儿又哭，有一次竟然泣不成声：“凭什么啊，我没日没夜拉扯大的女儿，对你咋这么好？你哪里好看了，你哪有我好看！”

这时，你居然也带着哭腔说：“可是，可是妈妈，他是爸爸呀！”

瞅瞅，你招惹她干啥！

这时，我也不敢笑啊，只悄悄地把花开在心里。

上辈子，我们说好了的，她哪里知道。

宝贝，我知道，你也知道，这是我们的秘密。

那就请继续招惹我吧，我的小情人。

我的所有感动与荣耀、骄傲与自信，都在你来了之后繁花似锦地开始。

我们全家的快乐与满足、希望和动力，都在你来了之后郁郁葱葱地萌生。

有你真好！

我爱着你，深深地、和你爱我一样肉麻兮兮地爱着你。

我却爱得大言不惭、理直气壮。

因为，你是我前世今生的小情人。

扫一扫，听一听

三十岁女人的标配是什么

文 / 李月亮

姑娘：

你好！

昨天看到了你给我的信。

你说三十岁了，还没嫁。

前几天过生日，你被父母数落得一无是处，说比你小六岁的表妹都嫁了，你同学都生二胎了，再拖下去你这辈子就完了。女人事业再好，没有家庭也肯定不幸福……

你又一次陷入恐慌，恍惚间觉得自己老了，机会不多了，人生要走下坡路了。

可是转念一想，你又觉得自己也没有他们说的那么惨。

三十岁的女人，到底应该是什么样的呢？

你问我。

我懂你的恐慌。

在这个俗世，有一套给女人量身定做的固定模板——

十八岁上大学，二十岁谈恋爱，谈上两三个、谈个两三年，二十六七岁结婚，三十岁之前生孩子，有条件的话再生个二胎，然后专心相夫教子。

如此一生，就算平平凡凡，也算是功德圆满了。

所以，在世俗眼里，一个三十岁女人的标配，应该是有上进的老公、听话的孩子、稳定的工作、七八十平方米的房子、七八万的车。

这样的生活算好吗？

如果你喜欢，当然也不错。

但我特别想说的是，它只适合一部分女人。对另一部分女人来说，这简直就是火坑。

有的女人，就是事业型的人，二十多岁就想拼事业，你凭什么非让人家回家生孩子？

有的女人根本就不想结婚，一个人也能乐乐呵呵过一辈子，你凭什么非把人家拉进婚姻里受罪?

有的女人爱读书，三十岁才博士毕业，没房、没车、没结婚但潜力无限，你凭什么非说人家人生失败?

我越来越觉得，很多加在女人头上的刻板观念，腐朽得像三千年前的鬼故事，根本经不起推敲。

所以亲爱的，不管那些观念多么固执、强势，你都要坚决屏蔽掉。

别搭理他们，让他们去说吧，你选择性耳聋，听不见。

中国女人的前半生，大体上是这样的:

十岁之前，听父母的话;

二十岁之前，听老师的话;

三十岁之前，听老板的话;

但是过了三十岁，你基本就该听自己的话了。

因为活了这三十年，你已经大体知道自己是什么样的人，这世界是什么样的了。

如果人生是一次旅行的话，你这时已经知道了世界大概有哪些风景，而你最想去看哪一种。

那么从现在开始，你要有目的、有计划地去往自己想去的地方了。

拒绝随波逐流，是一个人幸福的第一要务。

如果你喜欢草原，别人再怎么说大海好，你也别听他们的。

否则你到了海边，海水再清澈、沙滩再细软，你也不会满意，你依然会渴望草原上的白马和小野花，你会日日夜夜想着转身离开，去找你的草原。

可是到那时，你可能已经失去了机会。

而那些劝你去海边的人，并不会对你的遗憾和难过负责。

他们只会说："这日子多好啊，你还不满意什么、瞎折腾什么？"

你能说什么呢？

你只能后悔，当初不该放弃自己的坚持，顺从外人的意志。

所以，人这一生，要想越来越幸福，必须坚持三个字——听我的。

现在我来回答你的问题：三十岁以后的女人应该是什么样的？

正确答案是：你自己该有的样子。

你是茉莉，就该有青绿的叶子、扑鼻的香。

你是杨树，就该有挺拔的姿态，向上猛长。

女人的生命，从来就没有固定模式，不是非要开出一朵妖艳大花来，才叫完美。

你心性温和、渴望家庭，那就嫁人生子，做贤妻良母。

你精明强干、事业心强，那就先拼事业，感情放一放。

你喜欢稳定、小富即安，那就回小县城，过安静日子。

你向往繁华、热衷闯荡，那就去北上广，天高任你飞。

总之，你是什么样的人，你的三十岁就该是什么样。

如果再细一点说，三十岁女人的标配应该是什么？

我觉得不是老公、孩子、房子、车子，而是以下七点：

1. 有自己喜欢的事业。如果喜欢很难，那起码不讨厌。这样才能长久坚持，做出让你自己满意的成绩。

2. 能养活自己。不用暴富，不用按月存多少，够自己基本生活消费就好。

3. 有健康的身体。三十岁以后，人生还在上坡，但身体即将下坡。不要让身体拖人生的后腿。

4. 有真心喜欢做的事。俗称兴趣爱好，如画画、养花、弹琴、摄影，什么都行。宗旨是能哄自己开心。

5. 有大体的人生方向。俗称梦想，不用很清晰具体，但要基本靠谱，且是真正的心之所向。

6. 和父母保持关系融洽。这会使人内心安宁。

7. 有三五好友。闲的时候能一起坐坐，烦的时候能一起聊聊，苦难的时候能互相帮帮。

这七个基本条件都有了，你的人生就一定不会太差。

其他还想要什么，你自己填，那就是锦上添花。

你看，跟你有没有对象、有没有房子、你对象有没有房子，完全没关系。

所以，别被七大姑八大姨唬住，别向早已不合时宜的观念屈服，做你自己，幸福给自己看吧！

人活一世，谁夸你、羡慕你、觉得你过得好都没用，你自己觉得好，才是真的好。

所以，爱你所爱，行你所行；听从你心，无问西东。

扫一扫，听一听

就算生得暗淡，也要活得光彩

文 / 北辰

亲爱的实习生：

你昨天心情明显不好，垂头丧气。因为你的“富二代”发小出国了，去攻读你心心念念的艺术硕士，在伯克利音乐学院。

在你眼里，发小完全没有音乐天赋。

你说这种感觉，就像是自己喜欢了很久的姑娘，被一个不懂她的男人不费吹灰之力地搞定了，原因就是人家有钱、生得好。

你说从小就是这样：

你辛苦打工，攒了三个月买的球鞋，发小看到，第二天就穿上了同款；

你央求了家长半年才上的绘画班，发小也去，每次上课都睡觉，下课才醒；

你追了好久的姑娘，坐过一次发小的跑车，就隔三岔五地跟你打探他的消息……

你说你总是千辛万苦才得到，他却每每轻而易举就拥有，老天真是不公平。

你哀叹自己起点太低，感觉人生没有意义。

最近网上流行一句话：你在拼命奔跑，可是人家出生在了终点。

这句话细思恐极。不仅很颓丧，而且三观很歪，让人一听就心生绝望。

是呀，如果我梦寐以求的，你天生就有；我千辛万苦追逐的，你弃若敝屣，那我的人生何其苍白，我努力的意义又在哪里？

在哪里？

我告诉你。

你和富二代穿上同一款球鞋时，你的喜悦是他的十倍——这就是你半年辛苦的奖赏。

他没为球鞋受苦，也就不会得到太多的幸福。

人活的是感受，不是东西。

若把人生比喻成一次旅行，你是想直奔终点，还是更在意沿途的风景？你的快乐仅存于山顶，还是存在于攀登的过程中？

终点的风景再美好，也只能带来片刻的欣喜，一转身就是下山的路。

而且，生得好和命好不是一回事。

如果你生在优渥家庭，可能父母早早就用财富和人脉描绘好了你的一生，不容你发表意见。

很可能你想写小说，后来被迫当了医生；

你想弹钢琴，最终不得不接班开了矿；

你想活出油画般的品质人生，结果被活活安排成了搞笑漫画……

而你只能屈从。

因为他们会说：你努力二十年又怎样？现在我们家就有你想要的啊。

最可怕的是，你也会压抑自己内心的真正渴望，认同父母的观念。

原生家庭对人的洗脑功能太强大了，强大到深入你的骨髓，瓦解你所有的初心。

但是，那个被设计的你，可能并不真正快乐。

比起这种顺风顺水地成为一个自己并不想成为的成功人士，我更喜欢听平民逆袭的故事：

我家穷，父母没文化，我别无所望，考上了清华。

当然，也不一定非要上清华，上个一本学校，学个喜欢的专业，成了一个比自己预想中更厉害的人……

这就足够励志了。

起点越低，向上延展的空间就越大，可选择的自由就越多，得到的欣喜和惊奇也越多。

当然，起点越低，你也必须越努力，否则，这些美好都与你无缘。

我同事的女儿小小，从小就喜欢跳舞，一两岁时，音乐一起就特开心地跟着扭。

但喜欢是一回事，擅长是另一回事。

她其实是那种相貌和身材都很一般的女孩，哪里也看不出有舞蹈天赋。她的爸妈看不出，她的舞蹈老师也看不出。只因为她实在喜欢，就一直留在舞蹈班里跟着学。

她妈说真的特别不容易。

别的孩子下腰，嗖地就下去了。小小可不行，身体硬，差老远，只能没白天没黑夜地练。

别的孩子天生瘦，身材比例好，小小也不行。她本来就矮，还是易胖体质，平常都不敢吃饱饭，巧克力、冰激凌、油炸食品更是碰都不碰。不到十岁的孩子，爸妈吃饭，她就在一边下腰。

一路苦练到今天，小小已经成了国内知名艺术团体的首席舞蹈家。

看过她的表演的人，都说她太厉害了，柔软、灵巧、漂亮，是天生的舞蹈坯子。

我们总是如此，遇到厉害的人，总默认他们天生就是大牛人。

其实哪有那么多天赋异禀，只不过我们没见过别人拼死努力的样子。

小小妈跟我说，孩子这些年不知道脱了多少层皮、磨破多少双鞋，光骨折就有三次，腰病严重时曾被医生警告有高位截瘫的危险。那双脚，脱了鞋她都不忍直视……

而这一切艰辛努力，换来了她在舞台上的璀璨，她在人生路上的璀璨。

我看过小小的一次采访，记者也是称赞她天生好看、天生好运。

她连连摇头，说："没有没有，我起点很低，低到你无法想象。只是因为喜欢，才一路坚持。人起点越低，越要拼命努力，这样才能接近梦想，也才对得起自己。我的人生真的谈不上幸运，如果有，也是因为越努力，越幸运。”

她说得特别好。

那些我们眼中天生的优秀，绝大部分是努力和幸运的良性循环。

同样，那些悲惨暗淡的人生，也大多是懒惰和不幸的恶性轮回。

所以，千万别看到优秀的人，就觉得他们是天生好命。然后回看自己，觉得自己这也不好，那也不行，天赋太差，起点太低，便心安理得地滑下去，做个没用的人，离梦想越来越远。

如果你本就不是一个漂亮姑娘，还没节制地吃成一百五十斤的胖子；

如果你一边抱怨着父母不给力，一边窝在家里啃老；

如果你学历本就不高，还彻底放弃学习……

那么，你可能永远不会有好运气，不会触摸到你心中挚爱。

因为，你不配。

人这一辈子，谁都不能选择自己的起点。

有人觉得这是悲剧，有人觉得这是乐趣——

起点低的人，等于命运给你设置了困难模式，这意味着你要历经